KB140725

갈마도서관에 두고 온 것들

심선경 수필집

갈마도서관에 두고 온 것들

심선경 수필집

수필과비평사

어제까지 살아온 날들의 모든 나를 버린다.
내가 입었던 낡은 옷들, 내가 먹을 음식에 기꺼이 한 몸
바친 식자재 찌꺼기들, 생수병과 믹스커피 봉지까지
싸그리 끌어모아 분리수거장으로 간다.
살아있는 한 부단히 상실해야만 하는 인간의 공허함과
살아가는 일이 곧 애도하는 일이 되는 인간존재의 숙명에
대한 연민이 쓰레기통 안으로 던져진다.
끝없는 갈망이 실패로 끝난다는 것을 잘 알면서도
왜 나는 자꾸만 그곳을 향해 달음박질 치고 있는 것일까.
나를 갖다 버렸지만 다시 살아 돌아오는 시간들…
어차피 돌아올 것들은 기어코 오고야 만다.
언제나 그래왔듯 어둠은 살아야 할 시간만큼 깊고 시리다.

2022. 11월
심선경

| 차 례 |

▌ 자서自序

4부

1부

장마

비 내리는 날은 낮부터 불콰하게 취하고 싶다. 어쩌면 정작 술 취하고 싶은 것은 내가 아니라 무료한 나의 나날들일 것이다. 비에 젖어 한결 선명해진 원고지 칸 같은 보도블록을 따라 걷는다. 서툴고 어설픈 보행으로 비틀거리며 잘못 써온 일상들이, 빗물을 게워내는 보도블록처럼 울컥울컥 솟구친다. 이런 날은 병원 진료 때 의사가 미처 발견하지 못한 고장 난 몸이 낡은 가죽 부대 속에서 삐져나와 뼛속까지 침투한 통증을 슬그머니 건네주고 간다. 삶이란 하나의 거대한 착각. 내 좁은 시야로는 그 큰 그림을 제대로 볼 수 없어 용을 쓰다보니 온 몸과 마음이 시도 때도 없이 욱신거린다.

장마철 소나기는 항상 비를 피해 뛰는 내 발걸음보다 먼저 당도했다. 삽시간에 빗줄기는 시야를 가린다. 시커먼 먹구름 사이로 번쩍하고 나타났다 사라지는 번개는 고막을 찢을 듯

우렁찬 천둥소리를 불러와 지구를 통째 삼켜버릴 듯하다. 곧이어 벼락이 지면까지 내려와 높고 뾰족한 곳을 강타한다. 지상의 키 큰 나무들을 쓰러뜨리고 사람까지 해치는 벼락의 조짐이 보이면 일단 몸을 낮추고 피하는 게 상책이다.

한차례 소나기 지나고 난전에서 말린 생선을 파는 할머니가 비 맞으며 앉아 있던 자리, 생선 궤짝을 여러 개 엎어 만든 의자와 척추가 굽어버린 할머니의 등허리가 지켜낸 아직 젖지 않고 고실고실한 땅 한 조각. 일평생 한 번도 그 장소를 떠나지 않았던 것처럼 할머니가 앉았던 자리엔 시간의 몸을 입은 기억이 산다. 할머니의 윗대, 또 그 윗대의 윗대가 살아오는 동안 풍화되고 침식되어 형성된 삶의 역사가 중생대 백악기의 퇴적층처럼 차곡차곡 쌓여 있다.

미처 수습하지 못한 비설거지처럼, 남몰래 숨어든 삶의 그림자가 내 눈 밑의 다크서클처럼 짙어져 간다. 어찌 비설거지할 것이 열어놓은 내 집 장독 뚜껑을 덮는 일뿐이랴. 외롭고 고달픈 삶 속에 의지할 곳 하나 없는 이웃의 아픔을 사랑으로 덮는 일이 더 절박하고 급한 비설거지가 아닌가.

한 남자가 다리를 절룩이며 맞은 편에서 걸어온다. 비에 흠뻑 젖은 그 남자의 운동화가 걸음을 옮길 때마다 아버지의 오래된 기침처럼 쿨럭거린다. 슬쩍 비껴지나 간 그의 얼굴이 몹시 일그러져 있다. 긴 장마에 비 채비도 없이 나온 그는 옷과 신발이 젖는 것 따윈 아예 안중에도 없었던 것 같다. 아니면 저 거센 빗줄기를 일부러 맞고 복잡한 머릿속의 생각들을 다 씻어내려 한 것일까. 어쩌면 그에겐 비를 받을 우산보다, 함께 비를 맞고 걸어줄 누군가가 더 필요했을지도 모른다.

비 내리는 풍경은 어디든 낯설지 않다. 바람은 손이 보이지 않는 지휘자, 빗줄기는 천상에서 지상으로 떨어뜨린 거대한 가야금의 현絃이다. 수천, 수만 개의 나뭇잎 건반들이 "퉁퉁퉁" 튀어 오르며 비의 교향곡을 연주한다.

어릴 적, 놀다 늦어지면 꾸중 들을 것을 걱정하며 잰걸음으로 걷던 길모퉁이가 바람에 등이 휜 채, 나를 기다리며 서 있다. 모퉁이를 돌아서면 자그마한 집과 집들이 어깨를 맞댄 소박한 골목이 보인다. 끝날 것 같은 골목이 또 다른 길의 시작점에 닿아 있다는 것을 알게 되는 일은 늘 새로운 모험이기도 했다. 그 골목 끝에 어린 시절의 내가 어렴풋이 보인다. 가끔은 어른이 된 지금도 골목길 야트막한 담벼락 아래 몸을 숨기고 싶을 때가 있다.

이제껏 '나'라는 책을 읽어내려고 안간힘을 써왔다. 매번 긴장되었지만 애써 경건한 얼굴로 책 속의 문장들을 읽어 내려갔다. 바짝 붙어 있을 것이라 믿어온 행간과 행간은 시간의 사다리를 놓고 오르기엔 너무도 이격되어 있었다. 세상 누구든 크고 작은 문제들을 떠안고 살기에 고달프고 외롭기는 매한가지지만 내 슬픔 하나만 더 크게 보였었다. 장마처럼 주체할 수 없이 누수된 감정은 삶의 바닥을 흥건하게 적셨다. 습한 기운을 견디다 못한 반지하 방의 벽체에 검은 곰팡이가 피어나듯, 울적하고 허망한 마음은 숨쉬기가 힘들 정도로 나를 옥죄고 있었다. 맺힌 울분의 찌꺼기들을 쏟아내고 절절한 통한의 눈물을 흘려도 받아줄 이 없는 적적함과 나눌 이 없는 막막함을 그저 견뎌내야만 했다.

문득 혼자라고 느껴질 때, 아픔이 목젖까지 차오르면 금정산성 아래 막걸리 집을 찾아든다. 걸쭉한 반죽으로 부쳐낸 해물파전을 시켜놓고 막걸리 한 사발을 들이켠다. 묵직한 술의 무게감과 후끈한 알콜이 위장을 타고 흘러내린다. 삶은 뜨거운 것이라 살아보아야 비로소 그것이 삶이 되는 것이라고 옆자리에 앉은 누군가가 혀 꼬부라진 소리로 말했다. 막걸리를 마실수록 취하기는커녕 더욱 말짱해지는 내 머릿속에 그 말이 와서 콕 박혔다.

삶에는 창공을 날아오르는 모험보다 절벽을 뛰어내려야 하는 모험이 더 많았고, 성공이란 종이비행기와 같아 접는 시간보다 날아다니는 시간이 훨씬 더 짧다는 것을 알게 된 것도 이즈음이다. 아무리 읽으려 해도 지금 내 앞에 펼쳐놓은 생의 한 페이지는 난이도 최상의 해법수학처럼 잘 풀리지 않는다. 이 난해한 페이지에 머물지 않고 그냥 슬쩍 넘겨버리면 내 삶이 조금은 달라질 수 있을지도 모른다.

집으로 돌아와 비에 젖은 옷을 털어 벽에 건다. 눅눅한 벽에 박혀 혼자 삭아가던 저 못도 한 번쯤 옮겨 앉고 싶다는 생각을 하지 않았을까. 장마철에 에어컨의 제습 기능을 켜 집안의 습기를 제거하듯, 축축하게 젖어 불어터진 내 삶의 감정들을 비틀어 짠다. 어쩌면 나로 인해 아침부터 날 어두워진 것들,

나 때문에 눈물로 젖은 것들 셀 수 없을 만큼 많았으리라.

긴 장마 끝 우울했던 하늘이 걷히는 날, 눅눅해진 옷과 책을 널고 곡식들을 꺼내 말리던 쇄서포의曬書曝衣의 풍습처럼, 젖어있어 쿰쿰해진 내 마음부터 거풍하고 햇볕에 내다 말리고 싶다. 때때로 모든 것 내던지고 도망가고 싶은 만신창이 별이지만, 소나기 지난 뒤 반짝 비치는 햇살만큼 눈 부시고 환한 설렘을 단 한 순간만이라도 품을 수 있다면 오늘보다 더 나은 미래를 만날 수 있지 않을까.

살아있는 집

비 온 뒤 개망초가 마당을 죄다 점령했다. 오래 전부터 깨져 있은 듯한 유리창은 세월의 먼지 옷을 입어 이제 더는 투명하지 않다. 모서리가 뜯겨 나가고 한쪽 다리가 내려앉은 거무튀튀한 평상 위로 눈 찌푸린 햇살 한 조각 깜빡 졸다 미끄러진다. 장독대 위엔 빈 옹기 몇 개 엎어져 나뒹굴고, 죽은 감나무 마른 가지 사이로 거미들이 촘촘한 그물을 쳐놓았다. 쩍쩍 금이 간 작은방 황토벽 위로 담쟁이덩굴이 가늘고 긴 팔을 뻗어 나가는데, 문짝이 떨어져 나간 안방까지 가 닿으려면 또 하세월 지나야겠다.

부드러운 바람의 숨이 드나들었을 들창문은 이제 문살만 앙상하게 남아있다. 한낮에도 어두운 부엌은 이 집의 내력을 알고도 함구하려는 듯 모르쇠로 일관한다. 툇마루는 오래된 관절이 삐걱거리듯 한 발 내디딜 때마다 기이한 소리를 내고 먼지 땟국물이 끼어 쇠락한 기운으로나마 끈적하게 발목을 잡는다. 햇빛이 들지 않는 곳엔 퀴퀴한 곰팡이 냄새가 코끝으로 훅 풍겨온다.

마치 공포영화 촬영지처럼 누군가가 일부러 만들어놓은 세트장 같다. 최대한 궁핍하게 보이려고 낡은 가구들과 너절한 옷가지들을 작위적으로 널어놓은 것은 아닐까. 이런 곳에 사람이 살았다니, 아무리 집을 잘 고치는 사람이 와도 이 집은 회복 불능으로 판정하지 않을까 싶다.

이 집 주인은 무엇이 그리 급해서 가재도구며 가방이며 구두까지 다 버려두고 여길 떠났을까. 다시 돌아올 생각이 조금이라도 있긴 했을까. 살림은 그대로 있고 사람만 증발해 버린 듯한 이 집은 시간이 부풀 때마다 형체가 조금씩 허물어져 가는 듯하다.

동네에는 폐가가 여럿 보인다. 퇴직하면 꼭 한 번이라도 전원생활을 해보고 싶어서 시골 빈집을 구하러 여러 군데 발품을 팔았었다. 마당까지 차량 진입도 가능하고 집 방향도 남동향으로 좋은 편이라 찾아왔건만 아래채는 당장 철거해야 할 것 같고 본채는 어디부터 손을 써야 할지 막막하다. 서서히 조금씩 허물어지는 이 집은 허기에 지친 야생고양이들이 배회하다 굽은 등으로 누워 잠들기 좋은 은신처다.

석면 슬레이트 지붕 아래, 서까래든 문창살이든 사람의 온기가 떠난 집의 모든 것들은 서서히 흙으로 돌아가기 위해 몸을 푼다. 빈집에 붙은 골격들은 그 오랜 시간 동안 간신히 몸을 지탱하고 있다가 한꺼번에, 일시에 폭삭 주저 앉으려는지 언젠가는 도달할 붕괴의 순간을 고대하고 있는 것 같다.

굳이 문 열고 들여다보지 않아도 저 속의 삶을 속속들이 알 것만 같은 집. 먼저 살던 주인도 희망이 없어 버리고 간 집에 새 주인이 될지도 모를 내가 들어와 그 이력을 더듬어본다. 누군가의 할아버지의 할아버지가 살 때부터 터진 벽을 바르고 마당에 모기를 쫓으려 말린 쑥대를 가져다 태웠을 이 곳, 한때는 초록의 꿈이 성성했었을 이 집이 이제는 여기 살던 사람들의 기억 저편으로 물러서 있다.

이미 묵은 것들, 속절없이 흘러간 시간은 어떤 이에겐 꽃이 되었다가 바람이 되기도 하고 상처의 흔적으로 이 집에 들러붙기도 하였으리라. 이 집에서 살다 간 사람들이 오후의 적요 속에서 툇마루에 단잠을 청하면, 세속의 모든 욕망도 덧없이 사그라들며 고요히 정화되지 않았을까.

고즈넉한 풍경을 안고 기다리는 사람도 없이 홀로 늙어가는 저 외딴집은 이제 더 이상 외롭지 않다. 날 저무는 이 낡은 집 마당에 소란스럽지 않게 피고 지는 작은 꽃들의 그윽한 향내를 맡으며 삼라만상의 소멸과 생성을 깨닫는다. 허물어져 가는 담장과 삭아가는 기와지붕 틈 사이에서도 어김없이 새 생명이 움트는 기적을 나는 이곳에서 가만히 지켜 보고 있다.

늘 새롭고 좋은 집들만 들여다보던 내가 안목이 조금 넓어진 걸까. 요즘은 낡고 오래된 것들에게 더 애착이 간다. 화려한 것들에 대한 거부감이라기보다는 사라져 가는 것들에 대한 연민의 정이 남아서라는 게 옳을 것이다. 재개발이라는 미명 아래 우리에게 친숙하고 소중한 것들이 하나둘 사라져 간다. 어쩌면 우리는 탄생과 멸절, 새것과 낡은 것의 경계에 서 있는 것인지도 모른다. 시간의 출발점은 어디부터였을까. 과거는 〈이미 없는 것〉이며 미래는 〈아직 없는 것〉이다. 〈이미 없는 것〉과 〈아직 없는 것〉의 접점에 현재는 일종의 통과점으로서 존재하는 것인가. 시간 속을 동시에 걸어가는 그것들이 어찌 우월과 열등으로 따져지며 심지어 선악과 미추로 구분될까. 한때는 그 모두가 최선이었다.

재개발 구역에 들어 이름있는 아파트가 들어선다는 아랫마을에도 으리으리한 저택부터 고만고만한 주택들이 많았는데 시공사에서 보상이 끝났는지 사람들이 하나둘 마을을 떠나기 시작했다. 몇 달 전만 해도 주민들이 목욕 바구니를 들고 오래된 공중목욕탕에 드나들었고 마을 입구 평상에 할머니 여럿이 나와 앉아 세상 사는 이야기들로 와자지껄했었다.

얼마 전, 대문에 빨간 페인트로 숫자가 표시된 집부터 용역업체 사람들이 철거를 시작했다. 마당의 석류나무, 목련나무는 미리 다 파내어 옮겨갔다. 문짝 뜯어내고 세간 들어내니 멀쩡했던 집들도 살갗 다 뜯기고 뼈대만 남은 야생동물처럼 끔찍한 몰골이 드러난다. 집에도 생이란 게 있다면 맨 처음 주춧돌을 놓았을 때를 탄생이라 하고, 철거대상 낙인이 찍혀 지붕이며 기둥까지 불도저로 밀어붙여 처참하게 무너지는 시점을 죽음으로 보아야 할까. 집의 죽음을 사람의 장례식처럼 경건하고 숙연하게 바라보는데 인적이 끊긴 폐가는 이제 인간의 반경에서 벗어나 버렸다. 추녀 밑 빗물이 만든 둥근 발자국들과 바람이 불어와 잠시 앉았던 자리는 이미 이승의 영역이 아니다. 폐가에 방치된 것들은 삶의 덧없음을 민낯으로 보여준다. 폐가가 무너지면 집터만 남을 것이다. 어쩌면 집터마저 잡초에 묻혀 사라질 것이다.

깊어진 생각만큼 가슴에 품을 것이 더 많아진 이곳, 나는 종일 안팎이 허물어지지만 여전히 작은 생명들이 숨을 쉬고 바삐 움직이는 폐가에서 아직 오지 않은 것들을 기다리고 서 있다.

급커브를 돌다

　세상이 텅 빈 것 같다. 한 사람이 나보다 조금 먼저 왔던 길을 되돌아갔을 뿐인데, 속도를 제어하지 못한 차가 급커브를 돌 때처럼 온 몸이 한쪽으로 쏠린다. 똑바로 앉은 것 같지만 몸의 각도는 엉성하게 기울어져 있다. 산비탈에 선 나무들이 조심스레 흔들리던 바깥 풍경도 시야에서 사라진다. 생의 무게 중심이 삽시간에 흐트러져 내 몸은 내 정신으로부터 한참 멀어져 있다.

　자꾸만 한쪽으로 허물어지려는 몸을 똑바로 세워보려 안간힘을 쓰지만, 커브의 원심력은 나를 원래 있던 자리에 가만히 두지 않는다. 중심을 잡으려고 급브레이크를 밟는다. 그러나 가속이 붙은 차는 더 이상 명령에 복종하지 않는다. 현기증 같은 것이 눈앞에 아뜩하게 밀어닥친다.

　캠핑장에서 과일을 깎고 나뭇가지를 자르던 잭나이프처럼

내 속에 얌전히 접혀 있었던 수많은 손과 발들이 커브의 격렬함과 맞서기 위해 앞다투어 바깥으로 뛰쳐나온다. 하지만 너무 오랫동안 접혀 있었던 각각의 도구들은 이 완강한 커브를 곧게 펴는데 별다른 도움이 되지 않는다. 한꺼번에 너무도 많은 것을 움켜쥐려 했던 수십 명의 또 다른 내가, 일순간 나와 분리되어 와르르 쏟아지고 만다.

진작 속도를 줄였어야 했다. 내가 달려가는 길에 이런 급격한 커브가 있으리라곤 미처 생각하지 못했다. 어쩌면 달려오던 길에 있었을지도 모를 완화곡선 구간을 아무 생각없이 지나쳐왔을 수도 있다. 운전초보도 아닌 베테랑이 이런 어이없는 실수를 하다니.

내 갈 길이 바빠 주위를 돌아볼 겨를이 없었다. 그와 나는 각각 다른 자동차를 타고 달리고 있었다. 삶이 파놓은 깊은 구렁에 빠져 그가 액셀을 연거푸 밟으며 헛바퀴를 돌리고 있을 때도 내 귀엔 그 소리가 들리지 않았다. 내가 켜놓은 음악 소리가 너무 컸기 때문이었다. 그가 죽을힘을 다해 혼자서 구렁을 탈출하였을 때도, 내 눈은 진흙탕에 빠졌었던 차 바퀴의 고단함을 알아채지 못했었다. 내 눈높이는 언제나 저 높은 곳을 향하고 있었기에.

이별이 단지 이별이라는 사건만으로 끝난다면 사람에겐 처음부터 마음이란 것이 없었을 지도 모른다. 검은 머리가 파뿌리 되도록 평생 함께 가리라 믿었던 사람과의 갑작스러운 사별로 물 한 모금 마시기가 힘들었다. 실어증 걸린 사람처럼 말 한마디도 제대로 할 수 없었다. 억지로 그의 기억을 떨쳐내려고 넋을 잃은 듯 멍한 시간을 보냈다. 깊은 수조 속의 *파일럿피쉬가 하나씩 둘씩 수면 위로 떠오를 때마다, 잠시 잊고 있었을 뿐 이별 이전의 기억들은 결코 사라지지 않는다는 것을 뼈저리게 느끼게 된다.

내 옆자리에 그가 함께 있었더라면, 코너링하기 전에 분명 감속을 하라고 주의를 줬을 것이다. 속도를 줄이면 차의 중심이 앞쪽으로 이동하면서 타이어가 땅에 닿는 면적이 커져 그 코너를 쉽게 돌아 나올 수 있을 거라고.

강원도 쪽에서 처음 근무할 때다. 오랜만에 강원도를 찾은 가족들과 멀리 외식을 하러 나갔다. 한 차에 온 식구를 태우고 나선 외출 길에 뜻하지 않는 폭설을 만났다. 변화무쌍한 기후도, 도무지 방향을 알 수 없는 길도 내겐 모두 낯설기만 했다. 스노체인을 준비 못한 다른 차들이 엉금엉금 기어가다시피 할 때, 무슨 생각으로 그랬는지 달리는 차의 사륜구동 스위치를 누르고 액셀을 더욱 힘주어 밟았다. 차의 성능을 너무 믿었던 탓인가. 교량 부분을 지날 때 앞쪽에 비상등을 켜고 멈춰 선 차 한 대를 발견했다. 당황한 나머지 급브레이크를 밟고 핸들을 반대방향으로 꺾자, 차는 가드레일 쪽으로 미끄러지며 일순간 가족들을 공포에 몰아넣었다. 내 차는 중심을 잃고 그 자리에서 몇 바퀴를 연거푸 돌았다. '이젠 죽었구나.' 하는 생각이 섬광처럼 지나갔다. 속수무책, 제어능력을 잃고 차가 멈춰주기만을 간절히 바랐다. 차의 속도가 조금만 더 빨랐더라면 난간을 부러뜨리며 다리 아래로 굴러 떨어졌을 것이다. 그나마 하늘이 도왔는지 난간의 바로 코앞에서 차가 동작을 멈춰 큰 사고는 면했지만 지금도 그때를 생각하면 심장이 쿵덕거리고 머리끝이 바짝 선다.

요즘 들어 부쩍 갈팡질팡하며 결정 장애를 겪는다. 이럴 때마다 내게 인생의 길을 알려주는 내비게이션이라도 하나 달렸으면 얼마나 좋을까 하는 생각이 든다.

"백 오십 미터 전방은 급커브 구간이니 미리 속도를 줄이시고 주의운행하세요."라고 친절히 도로 사정을 알려주는 내비게이션 시스템처럼 앞으로 살아갈 길이 좌회전인지 우회전인지 어느 지점에서 U턴을 해야 목적지에 빨리 도착할지 누군가 나 대신 판단해서 정해준다면 지금처럼 살아가는 일이 고달프지는 않을 게다. 그러나 삶의 길엔 내비게이션이 없다. 신神도 모르고 어떤 선지자도 나의 앞길을 가르쳐 주지 않는다. 오로지 나 혼자서 갈 길을 정하고 어떤 속도로 가야 할지, 어디서 방향을 틀어야 할지 선택해야만 한다. 그나마 인생길에 함께 갈 친구라도 있다면 고맙겠다. 아무리 갈 길이 멀어도 누가 대신 가 줄 수는 없는 법. 무소의 뿔처럼 결국은 혼자서 뚜벅뚜벅 가야만 한다.

어떤 삶이든 살아온 발자취는 자신의 마음속에 영원히 각인될 것이다. 요즘 내가 가는 길은 오르막인지 내리막인지 분간조차 하기 힘들다. 하지만 이제부터는 내가 가는 길에 집중하며 주위를 찬찬히 돌아볼 생각이다. 오르막일 때 힘들어 못

보았던 달콤한 아이스크림 가게를 내리막길에서 발견할 수도 있을 게다. 늘 탄탄대로 같은 평탄한 삶이라면 무슨 재미가 있을까싶다. 설령 길을 잘못 들어 헤매게 될 때라도 불평하기보다는 이제껏 볼 수 없었던 풍경을 맘껏 즐기리라.

오늘 만난 급커브길이 인생의 꺾임이 아닌, 힘들게 달려온 사람들에게 주어지는 선물처럼 내게는 잠시 숨 고르는 시간이 되었으면 좋겠다.

---

* 파일럿피쉬 : 새 어항에 물고기를 담기 전에, 그 어항의 물속 환경을 값비싼 물고기들이 살기 좋은 곳으로 만들기 위해 먼저 집어넣은 물고기로, 어항 속의 물 환경이 좋아지게 되면 버려지는 물고기

떨어진 단추

옷에 달린 지퍼가 속도의 세계라면, 단추는 느림의 문화다. 허구한 날 시간에 쫓기다 보면 결국 지퍼는 사달이 난다. 약속 시간을 정해놓고 여유가 조금 있을 땐 딴청을 부린다. 그러다 시간이 임박해서야 서두르니 황급한 마음에 지퍼 고리를 잽싸게 낚아채어 올리다가 고장을 낸 적이 한두 번이 아니다. 급하기만 하고 침착하지 못한 성격에 내 옷들은 뜻하지 않은 봉변을 당하기도 한다.

주인의 성미를 닮아서인지 내 옷엔 단추보다 지퍼가 달린 옷이 훨씬 많다. 지퍼를 올리는 그 짧은 순간도 견디지 못하는 내게 여러 개의 단추를 채워야 하는 옷들은 간택 우선순위에서 한참 밀려나 있다. 어쩔 수 없이 단추 달린 옷들을 입어야 할 때는 속에서 천불이 날 지경이다. 작은 단추 구멍은 잘 보이지도 않지만, 용케 찾았다고 해도 단추가 쉽게 채워지지 않는다.

단추를 잡고 여러 번 손가락으로 더듬어 세심하게 살펴보아야 찡그린 듯 실눈을 뜨고 있는 구멍에 단추를 채울 수 있다. 단추는 열거나 채우거나 그 시간만큼은 인내력이 키워진다. 감질이 나도 조금은 참아야 한다.

바쁘게 사는 사람들에겐 단추 달린 옷이 그리 달갑지는 않지만, 초창기의 단추는 왕족이나 귀족들만이 가질 수 있는 보석이자 전리품의 의미가 컸다. 단추는 부자들의 재산목록에 들어갈 정도로 값어치가 커졌고 금이나 다이아몬드 등 값비싼 재료도 많이 사용되다 보니 단추의 황금기인 16~18세기엔 프랑스에서 사치 금지령이 여러 번 공포되기도 하였다.

또, 명예의 상징으로 결투를 하여 이긴 사람이 진 사람의 단추를 떼어가기도 했으니 단추를 떼인 사람의 모욕감은 극에 치닫지 않았을까 싶다. 남자는 결투를 할 때 신속히 칼을 빼기 위해 오른쪽에 단추를 달았다는 설이 있다. 기사들이 왼쪽에 칼을 차는데 윗옷이 칼을 덮고 있어서 단추를 먼저 풀어야 한다는 것이다. 결투에서 이기려면 왼손으로 단추를 풀고 오른손으로 칼을 빨리 뽑아야 했기에 그 나름 일리가 있다. 여자의 경우는 모유 수유가 편리하도록 하기 위해서라는 설도 있다. 왼팔로 아기의 머리를 받치고 수유를 하려면 왼쪽에 단추가 있는 것이 편했을 것이다. 한편 귀족 집안 여성의 경우에는 하녀의 도움을 받아 옷을 입었으며 하녀가 단추를 풀고 채우기 쉽도록 단추를 왼쪽에 달았다고 한다. 박찬욱 감독 영화 《아가씨》에는 유난히 단추가 많이 달린 드레스를 입은 아가씨에게 하녀인 숙희가 단추를 풀어주는 장면이 인상적이었는데 대사 중에 이런 말이 있다.

"아가씨는 하녀의 인형이구나. 이 많은 단추들은 다 나 좋으라고 달렸지."

영화에서 독백처럼 나온 이 대사는 단추의 사회적 의미에 대해 생각해보게끔 한다. 이전에는 의복을 입은 당사자의 시선으로 단추를 보았다면, 의복을 입은 당사자가 아닌 제3자의 시선으로 보게 된 것이다. 영화 속 대사를 계기로 단추가 시대별로 어떻게 변화했는지, 시대상을 어떻게 반영하는지에 관심을 갖게 되었다. 단추의 소재는 상아, 자개, 나무, 금속, 뿔, 세라믹 등 다양해졌고, 많은 예술가와 장인들이 폭넓고 아름다운 단추를 제작하기 위해 열의를 다하고 있다. 디자이너들 또한 자신만의 단추를 제작하여 세상에 내놓았는데 가브리엘 샤넬의 경우 애칭인 코코의 이니셜 C를 겹친 문양을 단추에 새기기도 했다.

지금은 색깔도 바래고 무언가가 슬쩍 스쳐도 툭 끊어질 듯 아슬아슬한 단추지만, 그의 처음은 눈부시게 빛나는 버튼이었다. 한낱 조그만 기능성 물품으로 치부되는 단추들에게도 우리가 생각지 못한 규모의 세계가 있다. 단추 공장, 단추회사 사장이 있고, 단추를 만드는 직원이 있으며, 유통회사와 판매도 있고 수선이 따르며, 심지어는 철학까지 탄탄한 단추의 세계를 간과했다. 감추고 싶은 뱃살과 자꾸만 드러나는 내 허물들을 가장 견고하고 은밀하게 바깥으로부터 가려주었던 단추, 그

조그만 물건이 없었다면 저 거친 세상의 햇볕과 바람으로부터 나를 지켜낼 수가 있었을까.

단추는 작지만 그의 빈자리는 크다. 조그만 단추 하나가 떨어져 나갔을 뿐이지만 사람들은 그 옷을 입은 사람을 단정하지 못한 사람으로 바라본다. 주변의 곱지 않은 눈길을 의식하기에 내 옷에 달린 단추가 달랑거리면 어떻게든 그 상황을 모면하려고 나도 애를 쓴다. 누구나 한 번쯤은 삶의 일탈을 꿈꾸기도 할 것이다. 단단히 옭아매고 있던 실들이 어느 순간 헐거워져서 나와 분리되기로 마음먹었다는 것은 어쩌면 내가 일상에 많이 지쳐버렸다는 이야기다. 살면서 단 하루도 편안한 날이 없었지만, 어떤 힘에 밀려 여기까지 왔는지는 알 길이 없다.

첫 단추부터 잘못 끼우고 끝단에 가서야 비대칭의 옷자락을 발견했을 때 이미 채워놓은 열 개가 넘는 단추를 다시 열고 새로 채우는 일은 고문이나 다름없다. 한번 잘못 채워 어긋나면 옷 전체의 모양이 뒤틀린다. 삶의 모습도 이와 비슷하다. 한참을 걸어왔지만 잘못된 길을 걸어온 것은 아닐까. 잘 살아온 것 같지만 어쩌다 일이 한번 꼬이기라도 하면 처음부터 다시 시작해야 한다. 남의 자리에 잘못 채워진 단추처럼 다시 풀어 제자리에 바꿔 끼워 넣을 수밖에 없다.

단추를 채우고 풀 때마다 단추가 제대로 달려있는지 다시금 살펴보게 된다. 그럴 때마다 내 삶도 누가 보든 말든 함부로 살지 않고, 내 깜냥대로 분수에 맞춰 살아야겠다는 생각을 해

본다. 단추를 채우고 푸는 일을 반복하며 나 또한 실낱같이 질긴 인연을 얼마나 오랫동안 움켜쥐고 살아왔던가. 풀린 실밥에 악착같이 달라붙어 달랑거리는 단추를 새로 달듯이, 남은 생生을 단단히 붙들어 매려고 실을 꿴다. 황금바늘이 좁아진 시간의 숨구멍을 가까스로 통과한다.

밥상에 무릎꿇다

어두워진 시간에 계단을 내려오다가 발을 헛디뎠다. 마지막 층계라고 믿었던 그 아래, 또 하나의 디딤돌이 있었던 것을 미처 발견하지 못했던 게다. 꺾인 무릎과 접질린 발복은 용하다는 침술과 통증완화제로 달래어봤지만 별 차도가 없었다.

그 전부터 내 몸은 이상신호를 보내왔다. 바닥에 삼십분 이상 앉아 있으면 허리가 끊어질 듯 아팠고 아침에 일어나 조금 걸으면 감전이라도 된 듯 발뒤꿈치가 쩌릿쩌릿 저려왔다. 아이 둘을 낳고 급격하게 쇠퇴한 뼈들은 연골이 닳아 이음새가 느슨해졌으리라. 진작 칼슘제도 챙겨 먹고 골다공증 검사도 했더라면 하는 후회가 앞서지만, 관절 통증의 원인은 스트레칭에 게을렀던 나의 오랜 습관 때문이 아닐까. 나이에 비해 유연성을 잃은 몸은 오랜 습관 때문이 아니라면 내 뻣뻣한 정신에서 기인했을 가능성이 크다.

가까운 사람들에게 이런 말들을 자주 듣는다. 쓸데없는 자존심 때문에 다 된 일을 망쳤다고. 한번만 고개 숙이면 될 일에 왜 그렇게 고집을 피우느냐고. 그러나 내키지 않는 일에 무릎 꿇기란 참을 수 없는 굴욕이다. 내가 잘못한 일이 있어 스스로 상대방에게 무릎을 꿇어야 하는 일도 쉽지 않은데, 권력이나 돈 때문에 어쩔 수 없이 무릎을 꿇어야 할 때는 피가 거꾸로 치솟아 오를 것만 같다. 무릎을 꿇는 일이 굴욕적으로 느껴지는 것은 그것이 상대방에게 지는 것이라 생각하기 때문이다. 누구에게 지는 것의 고통은 그 무엇과도 비교할 수 없이 비참하고, 자존심을 송두리째 내동댕이치는 일이다.

어릴 때, 생일을 맞은 친구 집에 초대받아 놀러 갔는데, 그날 따라 내 옷차림이 남루했는지 나를 쳐다보는 친구 어머니의 눈길이 곱지 않았다. 불편했지만 그냥 그러려니 하고는 아이들과 재미나게 한나절을 놀았다. 저녁 이슥해서 집으로 돌아오려는데 친구 어머니가 우리들이 놀던 방으로 들어오셨다.

"너희 중에 누구, 부엌에 들어왔던 사람 있냐?"

모두가 친구 방에 차려진 음식을 먹으며 함께 놀았고, 가끔 화장실만 드나들었기에 아무도 부엌에 들어가지 않았다고 했다. 음식 만드느라 잠깐 반지를 빼서 식탁위에 올려뒀는데 그것이 없어졌다는 게다. 친구 어머니는 다른 아이들에게는 각자 주머니를 뒤져보라고 한 뒤, 내가 미심쩍은 듯 다가와 직접 몸수색을 했다. 내 주머니에서 반지가 나오지 않자, 그 어머니는 사실대로 말하라며 몹시 다그쳤다. 너무 억울했지만 당황스러워 말 한마디 못하고 눈물만 뚝뚝 흘렸다. 가난하여 남루한 옷을 입은 아이는 마음까지도 때 묻었다고 생각하는 어른들이 원망스러웠다.

이튿날, 잃어버렸던 반지는 식탁이 아니라 싱크대 위쪽 선반 위에서 찾았다고 그 어머니 대신 친구가 미안한 마음을 전해주었다. 생일잔치에 갔다가 도둑 누명까지 쓸 뻔 했던 그날의 굴욕과 모멸감은 두고두고 내 마음에 상처로 남아있다. 그때는 왜 당당하게 내가 한 일이 아니라고 말하지 못했을까.

살다보면 이런 일이 아니더라도 어떤 대상 앞에 무릎을 꿇어야 할 일이 많다. 젊은 날의 의욕이 빚어낸 이기와 과욕 앞에 무릎 꿇고 돌아보면 흑백사진처럼 선명한 자화상이 드러나 견딜 수없이 부끄럽고 후회스런 순간이 있었다. 그런 날은 온 몸에 신열이 나고 며칠을 끙끙 앓아야 했다.

어느 날 꿈속에서, 사람들이 많이 다니는 사거리에 꿇어앉아 나는 누군가에게 사랑을 구걸하고 있었다. 구경꾼들이 많았지만 부끄럽지 않았다. 그는 내 앞에서 등을 보이고 있었고 내가 아무리 나의 진심을 알아달라고 말했지만 눈길 한번 주지 않았다. 난처하고 안타까운 상황이었지만 내 모습은 당당했고 어쩌면 무사처럼 결의에 차 있었다. 기꺼이 무릎을 꿇을 수 있는 마음가짐으로, 무릎을 꿇으면서도 굴욕스럽지 않았다. 이런 행동은 어떤 때에만 가능한 것일까. 아마도 그건 내가 갖고 싶은 것, 반드시 지켜야 할 것이 있을 때가 아닐까.

매 끼니마다 밥을 지어 먹으면서도 쌀농사를 지은 농부에 대해 감사한 마음을 잊어버릴 때가 많다. 글로 밥을 짓는 사람들은 왜 밥보다 신의와 도리, 의로움이 소중한지를 안다. 밥을 벌기 위해 비인간적인 일에 동참하지 않고, 밥벌이 때문에 비굴한 무릎을 꿇지는 않아야 하리. 밥상 위에 가장 정직한 나의 노동으로 얻은 따뜻한 밥 한 그릇이 놓여 질 때, 하얀 쌀밥이 자식들의 입 안에 들어가서 그 얼굴들이 비로소 환히 밝아져올 때 세상 어떤 일이 이보다 더 황홀하랴.

사람 사는 게 별 것이던가. 하루 벌어 하루 사는 고달픈 삶일지라도 가족을 배불리 먹일 수 있는 밥상을 차려내는 일은 어쩌면 성직자의 사명보다 더 숭고한 일일 것이다. 그래서 기꺼이 밥상 앞에서는 저마다 다소곳이 무릎을 꿇는 것인가.

먼 옛날 고향집 마루에는 간간이 밥 동냥 나온 걸인들이 밥상에 둘러 앉아 밥을 먹고 있었다. 넉넉지 않은 살림살이에도 어머니는 누군가가 집에 오면 그냥 보내는 법이 없었다. 어찌 아셨을까. 오랜 세월 지난 지금, 어머니가 마루에 차려준 그 밥상 앞에 내가 무릎 꿇고 앉아 누군가가 차려준 밥을 얻어먹게 될 줄을.

버려진 냉장고에 대한 고찰

냉장고 하나가 길에 나와 있다. 방치된 지 벌써 석 달째다. 이곳을 왕래하는 주민들이나 도로이용객들의 눈살을 찌푸리게 하고 있지만, 누구도 치울 생각을 하지 않는다. 처음 보았을 땐 장정처럼 서 있던 냉장고가 지금은 바닥에 드러누워 있고 닫혀있던 문이 열려 있다.

소싯적에 엄마는 전기세 걱정에 "냉장고 문 닫아라."는 말을 입에 달고 사셨지만, 문이 닫힌 냉장고보다 문이 열린 냉장고가 더 안전하다는 것을 냉장고 괴담을 들어본 사람이라면 알 것이다. 또래 친구에게 장난치려고 버려진 냉장고에 들어갔다가 내부에서 문이 열리지 않아 죽은 아이의 괴담은 흔히 들어왔다. 또 하나의 괴담은, 어린 아들이 엄마를 놀래주려고 냉장고에 들어갔는데 매일 같은 시간에 장을 보고 돌아오던 엄마가 그날따라 친구를 만나느라 이야기가 길어져

늦게 귀가했다. 아이 이름을 불렀으나 기척이 없자 엄마는 혹시나 하고 냉장고 문을 열어보았고 그곳엔 아들이 몸을 웅크린 채 이미 싸늘하게 식어버린 뒤였다는 이야기인데, 뒷골이 오싹할 만큼 무섭지도 않고, 아무도 믿지 않을 것이기에 더 이상의 언급은 하지 않기로 한다.

아무튼 행정당국은 무슨 배짱으로 저렇게 오래도록 냉장고를 방치하고 있는 것일까. 버린 자의 소행이 괘씸하여 다들 한마디씩 비난을 하고 지나가지만, 누구인지 행적이 분명하지 않은 주인 대신 애꿎은 냉장고만 사람들의 발에 차이고 욕을 먹는다.

그 냉장고가 길에 나오기 훨씬 이전부터 내 맘속엔 어떤 남자 하나가 들어앉아 있었다. 덩치 우람하고 잘생긴 그 남자는 우리 집에 온 지 어언 10년이 넘었다. 그와는 결혼식도 없이 동거를 시작했다. 손이 크고 식탐 많은 나를 그는 한 번도 나무라지 않았다. 가끔 바깥에서 열 받은 채 들어와 여과 없이 뿜어내는 내 뜨거운 분노를 차분한 인내심으로 받아내어 적정한 온도로 바꿔주곤 했다. 새벽 두 세시 경 불면증인 내가 주방으로 나오면, 그는 자체 발광으로 자신의 위치를 알려 안전하게 나를 식탁에 앉게 한다. 그가 차려낸 것은 어젯밤 먹다 남은 닭 다리뼈 한 조각이거나 냉동실에서 잘 마르고 있는 멸치 한 줌이 고작이었다. 하지만 소주 한 병을 놓고 홀짝거리며 길게 늘어놓았던 내 하소연을 묵묵히 들어주었기에 나는 외롭지 않았고 따뜻한 위로가 되기도 했다. 나 때문에 밤잠을 설쳤을 텐데 다음 날 아침이 되면 그는 멀쩡하게 되살아나 있었다. 아마도 그는 태생이 잠이 없는 존재로 태어난 듯하다. 24시간 내내 그가 쉬는 것을 한 번도 본 적이 없다.

나는 그를 믿었고 내 욕망의 모든 것을 그의 품속에 집어넣었다. 가끔은 내 기억의 회로가 고장이 나서 그에게 저장된 것들이 무엇인지, 언제 저장해 두었는지 잊어버릴 때가 많다. 그의 몸엔 아주 익숙한 내음이 배어 있다. 김장김치 묵은내와 마트에서 왕창 사 온 굴비 몇 두름의 비린내, 막걸리와 함께 먹으면 최상의 안주가 되는 홍어의 구린내도 그의 체취에 더해졌다. 딱 한 번, 내 은사님의 시상식을 위해 미리 사다 놓은 꽃다발이 시들까 봐 잡다한 것들을 들어내고 냉장고에 넣어 둔 적이 있었는데 그때만큼은 그의 표정이 유난히 밝아 보였었다.

주말 농장하는 친구에게서 얻어 온 푸성귀가 냉장고 한 칸을 점령하고, 반쯤 썩어버린 사과도 이젠 단내가 나는지 어떤지 구별이 되지 않는다. 한 치의 틈도 남김없이 꾸역꾸역 넣고 차곡차곡 쌓아둔 그의 몸속을 밤낮으로 헤집으며 내 탐욕을 채웠다.

오늘도 하루에 지친 몸을 끌고 집으로 들어와 낡은 피부 한 장을 욕실에서 힘겹게 벗겨낸다. 그다음은 음식과 재료들로 꽉꽉 채워 놓은 그의 가슴을 열어 육즙 가득한 고기를 꺼내 굽고, 싱싱한 야채를 곁들여 밥을 먹는다. 먹을 것들로 가득 채워져 있는 그의 견고한 몸체를 보면 왠지 흐뭇해지고 내가 갑자기 큰 부자가 된 듯한 착각에 든다. 오래 두고 먹을 수 있는 음식들은 뒤로 밀리고 나의 식성에 맞춰 맨날 먹는 음식들이 앞자리를 차지하고 있다. 안쪽으로 들어간 음식들은 어느 순간 잊히고 만다.

어쩌면 주체할 수 없는 나의 식탐으로 그는 서서히 화석이 되어가고 있었던 것일지도 모른다. 그의 머리맡엔 몇 달째 냉동상태로 썩어가는 떡가래와 돼지고기 몇 근이 깊은 잠에 빠져 있다. 나중엔 결국 썩어 문드러질 것들까지도 잘 쌓아 포개놓은 그의 몸은 언제부턴가 웅웅거리며 신음소리를 내기 시작했다. 내 모든 것을 받아들이려고 그는 숨이 막힐 듯한 고통까지 참아내고 있었다. 한도 끝도 없이 무한정 받아줄 것만 같았던 그의 인내력도 이제는 임계점에 도달한 듯하다.

진작에 뒤로 밀어낸 것들을 정리했어야 했다. 자주 정리하고 관리했더라면 그의 몸속에서 유효기간이 엄청 지나버린 음식물들을 골라내어 죄인이 된 모습으로 쓰레기장에 가지 않았을 것이다. 길가에 냉장고를 내다 버린 누군가를 비난했지만, 나 또한 그와 다를 바가 없었다. 어쩌면 나도 갸릉갸릉 가래 끓는 소리를 내는 우리집 냉장고처럼, 고장 나고 쓸모없어져 길거리에 몰래 내다 버려지는 신세가 될지도 모른다.

열면 환해지고 닫으면 캄캄해지는 그의 내부처럼, 내 마음속에도 많은 것들이 밝았다 흐려졌다 한다. 묵혀둔 감정들과 수많은 기억이 저장되고 또 잊힌다. 신선한 재료들을 새로 채우기 위해 냉장고 몇 칸을 비워두는 것처럼 내 생각의 창고도 조금 비워두어야겠다. 무엇이든 눈에 보여야 아픈지, 슬픈지 알 수 있다. 언젠가 그 기억들이 들쑤시고 일어나 내 영혼 깊숙한 곳까지 침투한다면, 마침내 글의 싹이 트고 잎이 돋아 싱싱한 문장으로 되살아나지 않을까. 돈도 없고 권력도 없지만 살아 퍼덕이는 언어가 아직 남았으니 그것을 내 맘대로 주물러 세상을 한 번 재편해볼까.

L*전자 서비스센터에 전화를 걸었다. 에너지 소비효율 1등급, 업계 최초 10년 무상보증! 아직도 떼어내지 않은 그의 화려한 스펙이 냉장고 전면에 턱 하니 붙어있다. 겉은 멀쩡한데, 엑스레이를 찍으면 우리 집 주방을 지키는 저 사내는 어떤 병명의 진단이 날까. 수리기사가 집에 도착했을 때부터 가슴이 콩닥콩닥 뛴다. 부디 그가 중병이 아니기를, 회복 불능의 병을 얻어 한적한 길가에 쓸쓸히 혼자 버려지는 일이 없기를.

빨대

 좀 멀리서 보았을 땐, 나무에 매달린 것들이 링거줄인 줄 알았다. 극심한 가뭄에 도심지의 가로수가 말라가면 관공서에서 물차를 동원하고 영양제를 나무 몸통에 꽂아 놓는 것처럼 이 산속에도 죽어가는 나무를 살리려는 나라님의 손길이 닿고 있구나 생각했다. 그러나 나무가 서 있는 곳으로 조금씩 가까이 갈수록 내 눈의 망막이 뇌로 전달한 정보가 얼마나 터무니없는 것이었는지 깨달았다.

 겨울이 되면 자신의 몸통에서 수분을 모두 빼버리는 나무들. 찬 기온에 얼어 죽지 않으려는 자구책이다. 봄이 되면 나무들은 그 몸에 다시 물을 채우는데 단풍나무과 식물들은 뿌리로부터 올리는 물의 양이 많아 몸통에 조그만 구멍을 내면 수액이 밖으로 흘러내린다. 그중에 고로쇠나무는 다량의 미네랄과 당분이 풍부하여 맛이 진하고 향이 좋다.

봄 한 철 잠깐, 자연이 주는 이 특별한 선물을 받기 위해 사람들은 나무에 구멍을 뚫어 봉지를 매단다. 물을 올리는 물관부가 나무 껍데기 바로 아래에 있기에 작은 구멍을 얕게 뚫어도 수액을 받을 수 있지만, 비싼 고로쇠 물값에 눈먼 사람들이 나무 몸통에 파이프까지 꽂아가며 수액을 뽑아내고 있는 것이다.

텔레비전에서는 고로쇠 수액을 채취하기 위해 나무둥치를 드릴로 무지막지하게 뚫는 장면이 여과 없이 송출된다. 수액이 흐르지 않는다고 이곳저곳을 마구 뚫어 나무가 마치 따발총을 맞은 듯 흉물스런 모습이다. 애초에 물길을 정확히 찾아 뚫었다면 나무의 고통도 덜했을 게다. 길옆에는 호스 관이 어지럽게 늘려있고 그 아래로 커다란 고무 통이 받쳐져 있다. 뚫린 구멍마다 꽂아 넣은 관을 통해 나무의 수액들이 한 방울 한 방울 떨어진다. 옆구리에 구멍이 나고 여러 개의 수액 주머니가 달린 고로쇠나무를 보니 오래전, 응급실에서 링거액을 맞으며 누워계셨던 아버지의 모습이 떠올랐다.

한밤중에 긴급히 병원으로 이송되기 전까지, 아버지는 나의 튼실한 고로쇠나무였다. 아버지의 등줄기에 식은땀 흐르는 것도 모르고 나는 빨대를 깊숙이 꽂아 아버지가 땅속뿌리로 찾아 올려 모은 수액을 힘껏 빨아 들이켜곤 했다. 수액 한 방울이 얼마만큼의 노동과 시름의 결과물인지도 모른 채, 그 달콤함에 마냥 취해 있었다. 마르지 않는 샘처럼 키 큰 고로쇠나무는 언제나 내 목마름을 적셔주었고, 넉넉한 그늘 아래 쉴 수 있게 해주었다. 깊숙이 들이민 빨대 아래엔 영양분이 잘 배합되어 마시기 좋은 수액이 저장되어 있었고 내가 배고플 때나 목마를 때면 아낌없이 그것들을 내주었다. 단 한 번도 그 수액이 말라버리지 않을까 걱정하지 않았다. 또 그 수액이 어떻게 만들어지는 것인지 궁금해하지도 않았다. 아버지는 사나운 비바람 속에서도 대지에 넓고 깊게 내린 뿌리로 언제나 당당한 모습이었기에 웅숭깊은 우물처럼 그 안에서 생겨나는 수액이 언제나 넘쳐날 것이라 믿었었다.

어느 순간부터였다. 숨을 참고 흠뻑 들이마신 빨대 속으로 이제껏 내가 받아들인 익숙함, 아니 어김없이 아버지가 제공해온 그 달콤하고 시원했던 혀끝의 감각 대신 한밤의 허기처럼 빈 공기만이 훅하고 입속으로 들어왔다. 패스트푸드점에서 주문한 키위 주스를 마시다가 빨대 속으로 올라오는 액체의 양이 급격히 줄어들 때가 있다. 주스를 담은 용기에서 빨대를 뽑아 올려 끝이 막혔나 살펴보는 것처럼, 잠시 나는 아버지의 옆구리에 꽂았던 빨대를 뽑았다. 빨대는 아무렇지도 않았다. 끝이 구부러지지도 않았고 이빨로 물어뜯어 입구가 막혀 있지도 않았다. 패스트푸드점이었더라면 주문을 받아 주스를 건네준 직원에게 따질 참이었다. 알맹이를 제대로 갈지 않아 빨대가 막혔다고 항의하면 새것으로 바꿔줄지도 모를 일 아닌가. 하지만 아버지는 패스트푸드점의 직원도 관리인도 아니었다. 냉장고에서 신선한 과일을 꺼내 지금 내가 원하는 달콤하고 시원한 주스를 다시 만들어주지 못했다. 철석같이 믿어 온 나의 든든한 배경, 나의 젖줄 같았던 근원에 빨대를 최대한 깊게 꽂았다. 낮은 바닥에 닿게 하여 최후의 수액 한 방울이라도 얻기 위해 힘껏 들숨을 쉬었지만 배신감 같은 공허함만이 다시 내게 전해질 뿐이었다.

빨대 속으로 내가 원하던 수액이 올라오지 않자 아버지께 온갖 불평과 원망을 쏟아내었다. 한 곳이 막히면, 아버지의 다른 몸에 구멍을 내고 다시 빨대를 꽂아 여기저기 휘저으며 상처를 내기도 했다. 아무렇지도 않은 듯했지만 그때부터 아버지의 몸은 조금씩 흔들리고 있었던 게다.

아버지란 나무가 거친 폭풍우에도 혼신의 힘을 다해 버티고 있음을, 삶의 쓰라린 고통과 혹독한 시련을 그저 굵은 나이테로만 새겨두었음을 그때는 눈치챌 수 없었다. 비바람에 불안한 각도로 휘어진 아버지의 등을 발견했을 때도 나는 아버지께 가지를 뻗지 않았다. 내 흥에 겨워, 내 삶에 바빠 아버지가 내는 깊은 신음소리를 듣지 못했다. 겉으로는 너털웃음을 웃는 아버지가 속으로는 지독한 고독을 홀로 견디고 있음을 몰랐다. 아버지라는 그 우람하고 든든했던 존재가 "쿵"하는 소리를 내며 산비탈로 쓰러지고 난 뒤에도, 내가 꽂은 빨대 때문에 아버지가 그리되셨다는 것을 굳이 인정하고 싶지 않았다. 간암 말기라는 의사의 진단에 희망을 놓아버린 아버지의 눈동자가 나를 향해 무언가를 말하려고 했을 때도 나는 아버지와 눈을 마주치지 않았다. 그 고통이 얼마나 심했던지 아버지는 들릴 듯 말 듯 낮은 목소리로 "한 대에 백만 원 하는 주사를 맞으면 이렇게 아프지 않다던데..."라고 하셨다. 내 아이에게는 그까짓 백만 원이 아깝지 않았지만, 솔직히 가망도 없는 아버지께 백만 원짜리 통증완화주사를 놓아드리기는 아깝다는 생각이 들었다. 죽어가는 아버지가 주사 한 방에 다시 소생할 것도 아니었기에. 나는 끝까지 못 들은 척했다. 그리고 일주일 뒤, 아버지는 내가 잠깐 자리를 비운 사이에 이승의 끈을 놓으셨다.

솥발산 공원묘지에 아버지를 모시고 몇 달이 지나 딸아이를 출산하게 되었다. 아이는 건강하게 잘 자라 주었다. 태어난 지 육 개월 남짓 되었을 때, 나는 네모난 종이팩에 든 달콤한 우유를 먹기 위해 안달하는 내 아이에게 빨대를 꽂아 흡입하는 방법을 가르치고 있었다. 직장 일로 늘 바쁘게 생활하느라 아이를 돌볼 여유가 없었던 터라, 손에 컵을 쥐어 주지 않아도 빨대만 있으면 아이가 먹고사는 데는 지장이 없을 것 같았다. 몇 번의 실패를 거듭하고는 드디어 빨대에 적응한 아이가 좁고 가느다란 대롱 속으로 순식간에 하얀 액체를 빨아 당기는 것을 보았을 때 그 모습이 어찌나 대견스러운지 입에서 절로 탄성이 나왔다. 자식 입에 음식 들어가는 순간처럼 기쁨이 없다고 하던 말이 그제야 실감이 났다. 아버지도 그러셨을까. 당신의 몸에 빨대를 꽂고 단물, 쓴물 다 빨아먹는 나를 보고도 마냥 기쁘셨을까. 최후의 순간, 당신을 위해 단 한 방울의 수액을 원하셨건만, 나는 매정하게도 그 한 방울의 수액조차 허락하지 않았었는데...

어렸을 때의 일을 기억하지 못하고 다 커버린 아들, 딸들이 세상에 나가 맞는 바람이 녹록지 않는 듯하다. 미래를 꿈꾸며 한 발 한 발 내딛다가 세찬 바람의 채찍을 맞으면 잠시 주춤하기도 한다. 어떤 방법으로든 스스로 이겨나가길 바라지만 힘겨워하는 모습을 볼 때마다 나도 모르게 손을 내밀고 만다. 자식들에게 내 속엣것들을 아낌없이 다 내어주고서도 저 고로쇠나무처럼 넉넉하고 우직하게 그 자리에 설 수 있을까.

아버지는 참 오래도록 나를 견디셨다. 아무리 잎이 시들고 허리가 구십 도로 꺾여도 내 마음속엔 결코 뽑아낼 수 없는 한 그루의 나무가 우뚝 서 있다. 그 나무가 땅속 깊은 곳으로 잔뿌리까지 뻗어 힘겹게 수액을 빨아 당긴다. 속을 보여주지 않는 종이팩처럼 내 속에 든 액체의 마지노선까지 빨대를 깊숙이 꽂는다. 하지만, 더는 빨려 올라올 것도 없는 얄팍한 바닥뿐인 나의 실체를 감지했을 때, 나는 황급히 내 몸 밖으로 탈출하고 말았다.

저기 저 산, 팔부 능선에 강제수혈을 당한 고로쇠나무 아버지들이 옆구리에 링거액 주머니를 주렁주렁 단 채 줄지어 서 있다.

사라지는 것들

솥발산 공원묘원에 모신 부모님 묘소엔 봉분 위의 잔디들이 다 말라죽었다. 몇 해 전만 해도 푸릇푸릇한 잔디가 봉분을 덮고 있었는데, 이제는 무덤 위의 흙마저도 비바람에 흩어지고 날려, 봉분의 절반 정도가 없어지고 아예 움푹 꺼진 곳도 있다.

묘지관리소에서는 깎여나간 부분을 복토할 생각이 아예 없는 것인지 성묘 때마다 자꾸만 낮아지고 훼손되어가는 봉분의 모습을 보면 마음이 편치 않았다. 하기야 깎여나간 흙을 봉분에 쌓아본들 흙이 언제까지나 그 자리에 온전히 있을 리가 만무하다. 원래 땅에 있던 흙을 봉분을 만들려고 가져온 것이기에 바람에 날려 흩어진 흙은 원래 제자리로 돌아간 것이라 생각하면 아쉬울 것도 없다.

십수 년 전, 해운대 해변의 솔숲에서 울리는 파도소리를 들었다. 파도소리의 파장이 해송 숲에 부딪쳐서 일어나는 소리였다. 해송 숲의 파도소리는 바다의 파도에서 생겨 해송 숲에서 다시 만들어졌기에 그것은 이미 파도소리가 아니라 숲의 소리였다. 그 소리는 다시 바다로 돌아가 파도소리가 되지 못하고 그저 숲에서만 울릴 뿐이었다. 이미 숲으로 온 파도소리를 다시 제자리로 돌려놓을 수 없듯 그런 의미에서 '제자리'란 원래 없었던 것이라 하면 억지일까.

이제껏 살면서 내가 신은 수많은 신발은 기억하지 못해도 한여름 해운대 바닷가를 뛰어다닐 때 맨발에 닿았던 그 뜨겁고 까슬하던 모래의 온도와 감촉은 아직도 남아있다. 시간이 흘러 물리적인 사물은 사라지고 젊음도 사라지지만 행복했던 순간의 추억은 그리 쉽게 사라지지 않는다. 남아있는 추억은 그것의 재생을 갈망하게 되고 그것의 부재는 우리를 너욱 아프게 한다.

우리 집에서 살다가 나의 부주의로 죽어 나가는 것이 많다. 화분에 뿌리 묻고 살던 제라늄, 산세베리아, 트리안이 말라죽고, 강아지, 고양이, 햄스터, 금붕어들이 우리 집에서 죽었다. 이런 일들이 하필 내 집안에서 일어나는 것도 놀라운 일이지만 그런 죽음의 그늘에서도 밥을 먹고, 차를 마시고, 음악을 듣는다는 것이 더욱 놀라운 일이다. 분명 슬퍼하고 고통스러워야 하는데 별일 없이 태연하게 각자의 할 일을 한다. 가족들은 모두 뛰어난 연기 재능을 타고났나 보다. 그렇지 않고서야 죽음 곁에서 어쩌면 이렇게도 능청스러울 수가 있나.

얼마 전, 대학 동기의 휴대폰 번호로부터 문자가 왔다. 어이없게도 본인의 죽음을 알리는 부고였다. 직장을 다니며 만학도로 학업을 이어온 그는 학교에서 온갖 궂은일과 어려운 문제들을 거침없이 해결해 주었기에 동기들에겐 존경과 부러움의 대상이었다. 졸업 후, 동기생들의 만남에서도 그가 뿜어내는 에너지는 강렬했다. 그는 말솜씨도 뛰어났지만 영어실력도 만만찮았다. A4지 두 장이 넘는 영시英詩를 줄줄 외울 때는 감탄이 절로 나왔다. 세관에서 출입국관리직에 근무했던 그의 무용담을 듣고 있자면 시간이 총알처럼 빠르게 지나갔다. 주로 일본이나 중국을 오가는 불법 보따리상을 검거하여 공을 세운 이야기들이었다.

퇴직 후에 그는 관세사 사무실을 열었다. 직원을 대여섯 명채용해서 그럭저럭 운영을 해오고 있던 터였다. 부고가 오기 하루 전, 그와 통화를 했다. 최근 코로나19 여파로 일감이 없어 힘겨운 나날을 보낸다고 했었다. 직원들 월급을 못 맞춰 본인의 연금을 털어 겨우 지불한 적도 많다고 했다. 하지만 이 시기가 지나가면 모든 것이 잘 풀릴 거라며 건강한 자신감을 드러냈던 그다. 주말엔 시유지를 빌려 가꾸기 시작한 그의 나무농장에 학우들 몇몇이 모여 일손을 돕고, 저녁엔 닭백숙 요리를 해서 함께 나누어 먹자고 했다. 며칠 뒤에 만나기로 했던 그가 지금 이 세상에 존재하지 않는다는 것이 믿기지 않았다.

장례식장에 갔다. 영정사진 속 그의 마지막은 환하게 웃는 모습이었다. 가족의 이야기로는 어제까지도 농장에서 일했고, 저녁 식사 후에 속이 답답하다며 잠들었는데 새벽녘에 심장마비가 온 것이라 한다.

누구보다 열정적이고 성실하게 살아온 그에게 삶은 참 가혹하다는 생각이 들었다. 이 우주 속에서 가뭇없이 또 한 사람의 존재가 사라져버린 것이다. 생명체의 죽음은 사라짐의 가장 비극적 순간이고 떠나감의 마지막 지점이기도 하다. 흩어지고 사라지는 것들은 모두 죽음의 지점에서 만난다. 죽음은 생명체 모두가 맞이하고 누구도 거역할 수 없는 삶의 공평한 운명이 아니던가. 어쩌면 우리는 시간의 병을 앓는 환자들이 아닌가 싶다. 흘러가는 시간을 붙잡을 수 없는 유한하고 무력한 존재들이다. 이별과 상실은 아무리 똑같은 일을 되풀이하더라도 익숙해질 수 없고 그때마다 고통과 슬픔에 힘겨워한다.

이슬처럼, 그가 떠난 자리엔 아무런 흔적도 없다. 다만 사람들의 추억 속에 이슬이 앉았다 떠난 자리가 남아있고, 그 지상의 공기 때문에 아침이 아름다웠다는 감탄의 흔적이 어딘가에 자리잡고 있는 것이다.

이 지상의 모든 감각이 차례대로 사라지는 날들이 올 것이다. 삶에서 사라지는 것들, 조금씩 내가 놓아주는 것들, 혹은 내게서 떠나는 것들. 이제는 그런 것들의 빈자리가 점점 늘어날 게다. 누군가가 떠나 휑한 빈방을 열어보고, 그 안의 테두리와 윤곽을 이루는 먼지를 닦아낸다. 살아있는 모든 것들의 추락, 깊이 붙박인 것들의 흔들림, 불안은 오래된 문짝처럼 삐걱거리고 사라진 것들에 대한 불시의 그리움에 숱한 밤을 지새울 것이다. 하지만 내 곁에서 사라지는 모든 존재들이 생명을 빼앗기거나 잃은 것이 아니라 그 스스로 생명을 다른 곳으로 옮겨놓는다고 생각하면 조금이나마 위안이 될까. 바람처럼 불려오고 불려가는 것들, 아마도 죽음은 삶의 끝이 아니라 삶의 다른 이름이 아닌가 싶다.

눈감으면, 먼 곳에서 서걱서걱 마른 옥수숫대 밟고 가는 스산한 발걸음 뒤로 사라지는 저 길 위의 시간들. 마땅히 뉠 곳 없는 한 생이 오가는 것이 어렴풋이 보인다.

2부

아지트

어릴 적엔 누구나 아지트 하나쯤은 갖고 있었을 게다. 야산 기슭의 깊지 않은 동굴 속, 큰 바위 두 개가 서로 머리를 맞대고 있던 해안가, 한적한 숲의 나뭇가지 덤불도 아이들의 아지트가 되었다. 심지어는 집안에도 가족들이 모르는 아지트가 있었다. 책상 밑이나 옷장 속 등 적당한 공간이 있으면 이불로 틀어막고 큰 책으로 담을 쌓아 아지트를 만들어 놓았다.

아지트란 원래 러시아의 좌익운동가들이 정부군의 눈을 피해 숨어들던 지하운동 기지였지만 뜻도 모르고 아지트라 이름하며 드나들었던 은밀한 곳. 어느 누구에게만은 이 장소가 절대 발각되지 말아야 한다는 구체적인 작전 계획도 없었지만, 아이들에겐 그곳이 비밀기지였다.

비밀스러운 곳이었지만 결코 비밀이 될 수 없었던 외곽 비밀기지는 비바람에 모양이 바뀌거나 흩어져 버리기도 하고,

집안의 비밀기지는 학교에 갔다가 돌아오면 어머니가 집안 청소를 하며 말끔히 정리되기도 했다. 하지만 비밀기지는 계속 만들어지고 또 누군가에게 발각되어 해체되곤 했다. 어떤 모양으로 만들어지든지 비밀기지에 들어가면 마치 그 성의 주인이 된 것 같이 우쭐해지는 것이었다. 한껏 몸을 웅크려 세상의 소리에 귀를 기울이는 동안, 더할 나위 없이 마음이 평온해지는 것이다.

눈 감으면 정겨운 풍경 하나가 떠오른다. 아이들 대여섯이 맨발로 모래 위를 마음껏 뛰어놀고 나룻배 하나 사공이 노 젓는 대로 흘러가는데, 갈대밭 사이 물병아리떼 동그란 파문을 내며 어미 따라 오종종 나들이 가는 강변 풍경이 그것이다. 아주 어릴 때 놀던 곳이라 그곳이 정확히 어디였는지는 기억 나지 않아도 아마도 낙동강변 어디쯤이었으리라 생각된다.

할머니가 장에 가시면 아이들과 뛰어나가 놀았던 곳. 그곳에 왜 있었는지 모를 블록담 집터가 바로 우리들의 아지트였다. 지붕은 없었지만 띄엄띄엄 쌓아 엉성한 블록담이 사방으로 세워져 있었고 출입구가 딱 하나 있었는데 우리들은 그곳을 비밀기지로 삼아 수시로 드나들었다. 사내아이들은 장난감 총과 자동차 모형을 가져와서 놀았고 계집애들은 들꽃을 꺾어 블록담 사이에 꽂아두기도 했었다.

강변 모래톱에 세워진 블록담은 세찬 바람에도 쉽게 쓰러지지 않았다. 아마도 완성되었다면 그 집은 빛을 담은 마당과 따스한 온기로 데워진 한 칸의 방이 있었을 게다. 또 그 집

속에는 주어진 운명에 순응하며 사는 이가 있었을 것이다. 그곳에 갈 때마다 어린 나는 새 세상을 꿈꾸었던 것 같다. 블록담 사이를 비집고 들어온 바람과 빛이 부드럽게 내 몸을 감싸고 돌다가 어느 순간, 여기가 아닌 아주 먼 곳으로 나를 데려다 줄 것만 같았다.

어른이 되어 그곳에 다시 가보니, 광활했던 모래톱도 없어지고 함께 놀던 아이들도 모두 사라지고 없었다. 바람을 피해 들어갔던 블록담 집터도 흔적을 감추었다. 아무도 건들지 않았는데 마치 화가 난 듯 검붉은 파도의 모습을 하고 내 머리 위로 휘몰아쳐 올 듯했던 일몰 풍경은 아직도 그 어린 날의 강렬했던 색채로 서쪽 하늘에 번져 간다. 인간이 손대지 않은 곳, 그냥 그대로 스스로 있게 된 곳. 이 자연풍경에서 가지게 되는 감동은 아마도 그곳을 지배하는 초능력의 힘을 경외함에서 오는 것일 게다. 그 생김 하나하나가 도무지 인간이 어떻게 해 볼 도리가 없는 영역이기에.

어릴 때 내 아지트의 풍경이 그랬다면 지금은 어떤가. 사실 반백의 세월을 훌쩍 넘긴 지금은 마땅히 아지트로 삼을 만한 곳이 없다. 어딜 간들 지금은 사람들의 홍수다. 나만의 시공간이 사라진 지 오래다. 그나마 마음을 편히 가질 수 있는 유일한 공간이 내 차 안이다.

어른이 된 나도 가끔은 울고 싶을 때가 있다. 그렇게라도 해야 속에 맺힌 것들이 조금은 풀어질 것 같다. 내 삶의 많은 부분을 스스로 통제하고 있다고 믿지만, 사실은 그렇지 못하다. 일에만 매달려 있느라 내 생활에 '일'만 있을 뿐 '나'는 없는 일상이 계속되고 있다. 정년까지 잘 해내리라 확신하며 출근할 때마다 다짐을 하지만 직장생활은 녹록하지 않다. 어쩔 수 없이 나를 잠시 밀어내고 그곳의 기준에 맞춰 시간을 버텨내야만 한다. 버텨낸다는 것과 살아낸다는 것은 아주 큰 차이가 있다. 버텨낸다는 것은 타의에 의한 수동적인 자세로 주어진 시간을 흘려보내는 것이라면, 살아낸다는 것은 똑같은 시간일지라도 내가 주체가 되어 그것에 충실한 자세로 임한다는 의미가 있다.

살다 보면 내가 생각한 대로, 처음 출발한 방향대로 가지 못할 때가 많다. 가끔 글의 맥이 잡히지 않을 때나 속상한 일이 생겼을 때 내 차를 타고 목적지도 없이 그냥 달린다. 누군가에게 못한 말들을 악쓰며 내뱉고 싶을 때도 있다. 이 움직이는 아지트는 속물 같은 내 알량한 치부를 바깥으로 전달하지 않는다. 이보다 더 속 깊은 친구가 없다. 앙탈을 부리고 불만을 터뜨려도 군소리없이 모두 받아준다. 아무리 성능이 떨어지는 카 오디오라 할지라도 작은 공간에서는 그 울림이 크다. CD나 라디오에서 흘러나오는 옛노래를 듣다가 그 가사가 어찌 그리 내 마음과 똑같은지 몇 소절을 따라 부르다가 급기야는 눈물바다를 이루고 만다. 옆에서 누군가가 관심 깊게 나를 살펴본다면 주책바가지라고 놀리겠지만 창문만 열지 않으면 나의 우울과 슬픔을 아무도 눈치채지 못한다.

세찬 비가 내리는 날이면 더욱 좋다. 차체에 떨어지는 굵은

빗방울 소리는 유명 오케스트라 연주회에서 맞닥뜨린 감동을 뛰어넘는다. 편의점에서 사 온 간단한 먹거리로 허기를 채울 수도 있다. 차 안에서 식사 후 커피 한 잔을 곁들이면 커피와 풍경을 함께 마시는 멋진 카페가 된다. 또 나만이 가진 이 아지트는 창밖 풍경이 지루해지면 언제든 바꾸어 볼 수 있는 장점을 지녔다. 들과 산, 강과 바다, 어디든지 마음을 먹으면 또 다른 새로운 풍경을 눈앞에 펼쳐놓을 수 있다. 차를 달려 닿는 모든 곳이 내 아지트의 한 영역이 된다.

세상이 부여한 임무에만 모든 것을 쏟는 삶이 아닌, 이제 내가 내 삶을 통제할 수 있는 시간, 내가 나 스스로에게 선물하는 시간으로 에너지를 채워가는 삶을 살고 싶다. 언젠가 또 넘어지는 날이 온다 해도 이 살아냄의 시간이 결코 헛되지는 않을 테니까.

우리에게 더 깊고 오랜 감동을 주는 것은 우리의 구체적 삶이 만든 풍경이다.

압력솥

저것은 생김새가 다른 부비트랩이다. 아니다. 별도의 점화 장치가 있는 클레이모어다. 아뿔싸! 자세히 보니, 누군가가 가스 불 위에 설치한 시한폭탄이었구나.

"째깍째깍..." 예정된 시각까지 이제 얼마 남지 않았다.

마지막으로 꼭 할 말이 있다는 듯, 더는 참기 어렵다며 시한폭탄의 추는 맹렬한 기세로 회전한다. 엄청난 속도로 어둠을 관통하는 고속열차처럼 숨이 가쁘다. 하지만 쉽게 지치지 않는다. 강력하고 뜨거운 그 힘은 도대체 어디서 나오는 것일까. 밀폐된 공간에 압축된 무언가가 강철로 무장한 몸을 찢고 곧 터져 나올 기세다. 요구를 묵살하면 곧바로 자폭할지도 모른다는 협박처럼 그 소리가 다급하다.

얼른 조정 스위치를 찾아야 한다. 카운트다운에 돌입한 시한폭탄은 뜨거운 열기와 압력으로 팽창되어 마침내 우리 집

은 폭발하고 말 것이다. 날카로운 금속 파편이 천장으로 튀어
오르고 사방으로 터져 엄청난 살상력을 발휘할 수도 있겠다.
소리는 점점 커지고, 점점 빨라지고, 점점 가까워진다. 터지
는 순간을 알 수 없어 마음이 조마조마하다. 끓어오르는 격한
분노가 저 속에 가득 차 있다.

우리네 일상이 마치 시한폭탄을 안고 사는 듯하다. 저녁 9
시 뉴스를 들으면 저마다 위험한 화약고를 가슴에 쟁여두었
다가 애먼 곳에다 터뜨리는 바람에, 세상엔 사람다움이 들어
설 자리가 너무 비좁아졌다는 생각이 든다. 화려한 겉과 달
리, 속으로는 아픔이 깊이 파고들어 이따금 절망이 희망보다
더 설득력 있게 다가오는 날들도 있다. 하지만 어떻게든 살아
내야 하는 한 생이기에, 나약한 생존의 단서만으로도 모두의
가슴속에 희망이 일렁이기를 바라는 것은 단지 나만의 생각
일까.

딱 지금 내 나이쯤 되었을 때의 엄마를 기억한다. 잘 지내
다 갑자기 가슴이 답답하고 울화가 치민다며 찬 겨울인데도
창문을 벌컥 열어젖혔다. 잦은 사업의 실패로 하루가 멀다고
술판을 벌여 밤늦게 귀가하는 남편, 번갈아 사고를 치는 철부
지 삼남매와 실랑이하다 보면 어찌 속에서 천둥 번개인들 치
지 않았을까. 가정을 등한시한 아버지 대신 엄마는 남의 집
품팔이를 해서라도 작은 쌀독을 매일 채웠다. 젊었을 땐 해 본
적 없는 일을 하려니 손이 짓무르고 다리가 퉁퉁 부었지만,
새벽이 되면 앞치마를 질끈 매고 부엌에서 밥을 지으셨다.

"힘든 하루를 견디려면 밥심이라도 있어야지."

엄마는 완고한 쇠붙이의 둥근 몸속에 얼마나 많은 것들을 욱여넣었을까. 가난의 고통, 세상에 상처 입은 자존심, 자식들이 바라는 것들을 무엇 하나 선뜻 내어주지 못하는 애달픔… 가녀린 몸과 쓰라린 마음으로 품어 안을 수 없었던 모든 것들을 용광로 같은 밥솥 안에 켜켜이 쌓아 밀봉한 뒤 강력한 화력으로 형체도 없이 녹여내고 남김없이 태워 버리고 싶지 않았을까.

누군가가 희망을 이야기할 때 희망은 언제나 환멸을 동반한다. 그러나 환멸 속에서 다시 희망을 찾을 수밖에 없는 것이 인간의 삶이 아니던가. 압력밸브와 추 사이에서 빠져나오는 불협화음은 엄마가 세상을 향해 내지르고 싶었던 비명이고, 억압된 감정의 응어리를 발산하는 신호였는지도 모른다. 억울하고 가슴 아픈 것들은 저렇듯 소리를 내는 것인가보다. 어쩌면 압력솥에 한 영혼이 스며들어 비장한 노래를 엄마 대신 불러 주었을는지도.

삽시간에 밥 탄내가 주방을 점령한다. 수차례 경고음이 울렸지만, 내 생각은 딴 곳에 가 있었다. 압력밸브 추를 억지로 한쪽으로 기울인다. 팽창되어 있던 솥은 씩씩거리며 뜨거운 김을 내뿜는다. 한 김 빠진 솥뚜껑을 여니, 밥의 절반은 바닥에 눌어붙어 있다. 우선 찬물로 열을 식혀주고 어떻게든 수습을 해보려 하지만, 밑바닥에서 올라온 시커먼 물이 쇠솥 안에 가득 차오른다. 눈치껏 덜어낸 밥도 화근내가 나서 선뜻 식탁에 놓을 자신이 없다.

숱한 시행착오 끝에 이제는 압력솥과 화해하게 되었다. 시간만 잘 지키면 새까맣게 탄 솥의 바닥을 더는 긁어내지 않아도 된다. 그 요상한 물건은 아무리 질긴 나물도 부드럽게 만들고, 견고한 뼈다귀조차도 단시간에 흐물흐물 녹여내는 묘한 재주를 가졌다.

"딸깍", "칙, 칙, 치이이익..."

딸랑거리는 압력솥의 추가 심상찮다. 이제껏 참아왔던 숨을 한꺼번에 몰아 내쉰다. 깊은 바다에서 물질을 하고 올라온 해녀의 숨비처럼. 어쩌면 오랜 병을 앓다 마지막으로 내뱉은 엄마의 가느다란 신음 같기도 하다. 가슴 밑바닥에서 끌어올린 울음 섞인 노래를 꺼이꺼이 부르다가 마침내는 목이 잠긴다. 흘러나온 슬픔의 자국이 쇠붙이의 둥근 몸을 따라 몇 가닥 수직의 길을 내고, 젊은 날 삶의 격정으로 부글부글 끓어오르던 시간들은 일순 멈춰서며 사위가 고요해진다.

누군가를 위해 한 끼 밥을 짓는 일은 먹고 산다는 것의 안쪽을 들여다보는 비애. 따순 밥의 온기를 나눠주려고 새벽마다 밥솥에 쌀을 안쳤던 당신의 수고로움에 가슴이 먹먹해 온다. 진부하긴 하지만 꾸역꾸역 이어지는 삶의 일상성은 그 얼마나 경건한 일이던가.

위험한 물건을 유산인양 물려주고 내가 안전하게 길들이게 되기까지, 저기 식탁 끝에 앉아 조용히 지켜봐 주던 당신은 이제 내겐 없는 사람이 되었다. 엄마의 언어를 지금에라도 이

해하는 것은 엄마의 삶을 나도 똑같이 살아왔기 때문이다. 가끔은 암담한 생의 뒤편에서 울먹거리는 엄마라는 이름을 가진 또 다른 여자와 맞닥뜨리기도 한다. 과거의 내 삶은, 시간을 조절 못해 밥을 태우고 성급하게 뚜껑을 열려다가 손을 데고 뜸을 제대로 들이지 못한 어설픈 날들이었다. 압력솥의 밥알들이 잘 익었는지, 설익었는지 뚜껑을 열지 않고도 알 수 있다면 얼마나 좋을까. 한 걸음 다가서면 꼭 그만큼의 거리로 멀어지는 난해한 글의 행간처럼, 아직도 누군가의 마음을 읽는 일에 익숙지 못하다.

구수한 밥 냄새에 허기가 진다. 밥솥 하나가, 집 한 채같이 무거운 저녁을 끌고 간다.

웃는 돼지

고사상에 오르는 돼지머리는 왜 하나같이 웃는 모습일까. 퇴직 후 식당 개업을 하는 친구가 고사를 지낸다는 연락이 왔다. 간소하게 차려진 고사상 앞에 별도로 작은 상을 하나 더 놓고 거기에다 웃는 표정을 짓는 돼지머리를 올려놓았다.

신사임당이 그려진 누런 지폐 서너 장과 깻잎 색깔의 지폐 너덧 장을 입에 문 돼지머리를 한참 동안 눈여겨 바라본다. 고사상에 오르기 전, 저 돼지는 어떤 모습으로 죽어갔을까.

몸뚱이는 사라지고 목이 잘려 고사상에 올려진 돼지머리를 보니 경주 남산의 목 없는 불상들이 불현듯이 떠오른다. 단단한 화강암으로 쌓아 올린 불상들은 하나같이 목이 없었다. 조선왕조실록에는 '땀 흘리는 불상'의 이야기가 실려있다. 당시 유생들은 이런 이야기들이 세상을 현혹하는 것이라 여기고 목을 잘라낸 불상을 우물이나 저수지, 혹은 바다에 던져 버렸다고 한다.

자연재해 때문인지, 전쟁으로 인한 것이었는지, 아니면 조선 시대의 숭유억불 정책으로 불상들이 이처럼 수난을 당한 것인지 그 비밀은 신라 천년의 세월을 말없이 겪어온 불상들만이 알고 있을 것이다.

긴 세월 동안 따로 떨어진 불상들은 이제 하나씩 잃어버린 제 얼굴을 찾아가고 있다. 문화재 복원팀이 근처에서 찾은 불상의 깨진 부분의 일치 여부를 확인하고 고증을 거쳐 불두와 몸을 접합시키는 일에 박차를 가하고 있다고 한다.

죽어서도 웃음을 놓지 않고 얼굴 가득 피워놓은 돼지머리를 보니, 할 수만 있다면 경주 남산의 불상처럼 돼지에게도 분리된 자신의 몸을 찾아주고 싶다. 목숨이 끊어진 지금에 와서 그런 호의가 무슨 소용이 있을까 싶지만, 인간에 대한 그의 갸륵한 희생에 대해 최소한의 예의를 갖추고 싶은 마음이랄까.

소싯적에 어머니 심부름으로 삶은 돼지머리를 사러 부전시장에 간 적이 있다. 순대 골목에 자리 잡은 돼지머리들은 은색 쇠 쟁반에 놓여있었다. 가장 환하게 웃는 돼지머리와 입이 조금 비뚤어진 돼지머리는 만 오천 원이나 가격 차이가 났다. 장을 보다 돈이 조금 모자라서 주인과 흥정한 끝에, 웃는 모습이 덜 예쁜 돼지머리를 샀다. 집에 와서 돼지머리를 내놓자, 고사상에 올릴 건데 웃는 돼지머리를 안 사오고 찌푸린 인상의 돼지머리를 사 왔다며 어머니는 된통 야단을 치셨다.

돼지머리에도 등급이 있음을 그때 알았다. 활짝 웃는 건 가장 비싸고, 웃지 않는 것이 그다음, 한쪽만 웃는 것이 가장 싸다고 했다. 웃음은 이렇게 죽어서도 자신의 값어치를 높여준다는 사실이 돼지머리의 표정에서도 증명되었다.

돼지머리는 고사 의식이 끝나면 돼지머리 고기로 접시에 담겨 나오는데 맨 먼저 고기 살점 몇 점과 함께 먹는 소주나 막걸리가 없다면 손님들은 조금 허전할 것이다. 고대 이래로 희생 제물이 된 돼지머리는 고사의 제물이면서 잔치에 참석한 사람들에게 제공되는 단백질 공급원이기도 했다.

재미있는 것 하나는 우리 민족의 전통 놀이인 '윷놀이'의 '도'가 돼지를 상징한다는 말이다. '도'는 윷판에서 제일 처음 시작하는 '첫걸음'이 내포되어 있고 '시작'을 의미한다. 그래서 개업을 할 때는 천지신명께 고하고 비로소 사업을 시작하는 것이다.

돼지는 삶과 죽음을 놓아버리고 모든 집착에서 벗어났다는 표정이다. 웃음 직전까지의 번뇌는 그의 표정에서 이미 지워졌기에, 사람들은 돼지의 목을 지나간 칼날의 예리함을 헤아릴 수 없다. 돼지는 끝내 마지막 순간의 그 고통도 웃음으로 바꿔 얼굴에 화인처럼 새겨놓았다.

오직 인간을 위해 태어나고 죽는 축산 동물들의 운명. 마지막 순간, 목이 잘려 숨통이 끊어질 때, 검붉은 피는 하늘로 솟구쳐 올랐을 것이다. 펄펄 끓는 가마솥 속에서 환한 웃음이 고스란히 익었을 테고 익은 혀가 밀어낸 웃음조차도 제 목을 친이들에게 진설하는 돼지의 표정을 어떤 의미로 읽어야 할까.

세상에서 인간을 제외하고 웃는 동물은 없다고 한다. 그럼에도 죽어서까지 웃는 표정을 짓는 돼지머리의 비밀은 바로 인간의 상술이 낳은 기발한 손재주에 있었다. 돼지를 잡은 다음 머리를 잘라내고 지름 3센티, 길이 20센티 정도 되는 막대를 입에 물린 후 끈으로 입 부분을 묶어 삶아내면 웃는 모습의 돼지머리가 만들어진다는 게다. 그 극한의 고통의 임계점에서 나타날 얼굴 표정마저 교묘하게 조작하는 인간 세상. 돼지머리의 마지막 웃음은 인간의 끝없는 욕심과 집착을 비웃는 조소嘲笑가 아닐까.

어차피 죽는 삶이라지만 사는 동안 모든 고통을 감내해도 좋다는 뜻은 아닐 것이다. 오로지 인간을 위해 태어나 살고 죽는 생명인 만큼 살아있는 동안이라도 불필요한 고통을 최대한 줄여주는 것이 인간의 도리가 아닌가 싶다.

고사의 제물로 쓰인 돼지머리는 지금도 인자한 모습으로 웃고 있다. 제 목을 치고 뜨거운 가마솥에 집어넣은 이들 앞에서 저렇게 허허실실 웃을 수 있다니. 아마도 돼지머리 속엔 부처가 들어있나 보다. 그러지 않고서야 저리 복스럽게 웃을 리가 없다. 형제가 내게 죄를 범하면 몇 번이나 용서해 줘야 하는지를 묻는 제자 베드로에게 "일흔 번씩 일곱 번이라도 용서해 주라"던 예수가 그 속에 들어있나 보다. 그러지 않고서야 저리 세상 환하게 웃을 리가 없다.

응답하라 공중전화

한때 너는 잘 나가던 몸이었지. 너를 한번 만나고 싶어 차
례가 언제나 올까 순서를 기다렸던 그 시간들은 일각이 여삼
추였어. 왕성한 너의 식욕은 뜨겁거나 차거나 싱겁거나 맵거
나 짠 수천, 수만의 사연들을 게걸스레 먹어치우고도 결코 충
족되는 법이 없었어. 만성적인 공복감이거나 폭식증에 걸린
것은 아닌가 의심스러웠지. 하지만 둘만이 주고받은 비밀들을
낱낱이 꿰차고 있었던 네가 슬쩍 엿들은 통화내용은 무덤까
지 가져가겠노라고 스스로 다짐을 했던 걸까. 너는 아무에게
도 그것을 발설하지는 않았어. 입이 상당히 무거운 편인 너.

가끔 집에서 전화하기가 불편하면 동전을 한 움큼 쥐고 너
에게 달려가곤 했었지. 공중전화부스의 문을 닫으면 세상과
잠시라도 분리되는 것 같아 마음이 한결 푸근해졌던 거야.

치열하게 살았던 20대, 그 누군가에게 전화하며 내가 한

말이 지금도 기억나.

"인생 환불받고 싶네요. 생각한 거랑 너무 달라서..."

너는 내가 한 말에 대해 어떻게 생각하니? 응답하라, 공중전화!

지금도 그게 가능한지 모르지만 너는 발신 기능뿐만 아니라 수신 기능도 있었지. 길을 지나다가 문이 열린 공중전화 부스에 아무도 없는데 전화벨이 울릴 때가 있었어. 범죄영화를 보면 범인은 늘 공중전화부스에 들어있는 너를 이용해 협박을 하곤 했지. 그래서인지 종종 너는 영화 속 범죄의 온상처럼 느껴져.

아주 오래전에 본 영화 〈폰 부스〉가 생각나. 미디어 에이전트라는 다소 생소한 직업을 가진 주인공 스투는 연예계에 가짜 정보를 팔아 돈을 벌고, 열등감을 감추려고 겉모습만 잔뜩 치장하는가 하면 자신의 이익에 따라 사람을 대하는 태도가 확연히 달랐어.

휴대폰 통화내역을 확인하는 아내 켈리에게 증거를 남기지 않으려고 매일 같은 시간, 같은 공중전화 부스에서 여자 연애인 팸과 통화를 했지. 쉽게 말하자면 바람을 피웠다는 말씀이야. 그날도 팸에게 수작을 걸었지만, 퇴짜를 맞아 기분이 언짢은데, 때맞춰 공중전화부스로 피자를 들고 온 피자배달부가 그에게 피자를 전달하려 했어. 그는 세상 어떤 미친 사람이 공중전화로 피자를 배달시키느냐며 모욕을 주어 쫓아 보냈지.

주인공 스투가 공중전화부스에서 통화를 마치고 돌아설 때, 그의 뒤에서 벨소리가 들렸어. 무심코 수화기를 든 순간

예기치 않은 악몽은 시작된 거야. 전화를 건 남자는 주인공 스투의 일거수일투족을 근처 건물에서 지켜보고 있으며, 만약 전화를 끊고 나가면 죽이겠다고 협박했어. '나는 상대를 모르는데 상대는 나를 보고 있다'라는 상황은 극한의 공포를 느끼게 하지. 왜 사람들은 전화벨이 울리면 누군지도 모르면서 전화를 받는 걸까. 범인의 말대로 스투가 전화를 받지 않았다면 이렇게 위험한 상황에 처할 일은 없었을 게야. 하지만 나도 장담은 못해. 그 상황에 전화벨이 울렸다면 호기심에서라도 냉큼 받지 않았을까.

공중전화부스에서 빨리 나오라며 시비를 걸던 사창가 포주가 범인의 총에 맞아 즉사하고, 사람들의 신고로 경찰까지 출동해 아수라장이 된 현장으로 뉴스를 본 스투의 아내 켈리와 여자 연애인 팸이 달려왔지. 범인은 스투에게 자신이 원하는 대로 하지 않으면 캘리와 팸까지 죽이겠다고 협박했고, 스투는 전국 TV생중계로 방송되는 카메라 앞에서 어쩔 수 없이 자신이 이제껏 저지른 잘못을 모두 고백하게 돼. 똑같은 상황이 되어 주인공 스투처럼 폰 부스에 갇혔다면 나는 어떤 것을 고백했을까. 그의 요구에 자유로울 수 있었을까.

지금도 공중전화 부스 송수화기를 들면 이런 말이 내 귓가에 들려올 것 같아.

"여보세요?"

"당신의 이면은 어떠한가요?"

폰 부스 속의 남자가 누군가에게 위협을 받고 있음을 알아챈 경찰이 발신지점을 추적해 도착한 호텔엔, 범인으로 특정된 피자배달부가 유서를 남긴 채 죽어 있었고, 스투는 범인이 피자배달부였음을 알게 되지. 충격의 시간을 보낸 스투는 이제부터라도 착하게 살 것을 다짐하며 구급차에 눕게 돼. 진정제를 맞고 의식이 희미한 가운데 웬 손이 나타나 구급차에 누워있는 스투의 신발을 닦는데, 바로 그 손의 주인이 진짜 범인이었어.

"작별인사도 못했잖아. 피자배달부 친구는 안됐어. 난 단지 자네가 새로 찾은 정직함이 오래가길 바랄 뿐이야. 안 그러면 내 전화를 다시 받게 될거야."

범인은 이런 말을 남기고 여유롭게 현장을 떠나지.

아마도 이 영화는 공중전화라는 익명성이 보장되는 도구를 이용해 범죄를 저지르는 현대인들의 모습을 보여주려는 게 아니었을까. "익명성" 뒤에 자신의 본 모습을 감추고 죄책감 없이 범죄를 저지르는 그런 모습들 말이야. 그래서 범인이 자신의 범행장소로 공중전화부스를 택한 것이 아닌가 하는 생각이 들어.

언제부턴가 너는 사람들로부터 서서히 잊혀져 갔어. 도도하고 화려했던 과거는 사라지고 문앞에서 호객행위하는 늙은 창부娼婦처럼 누군가의 값싼 동정도 마다하지 않게 되었지. 진작에 한물가버린 너는 누구라도 그 문을 열고 들어와 주기만을 눈이 빠져라 기다렸을 테지. 운수 좋은 날엔 너의 유혹에 걸려든 자가 송수화기를 들고 동전투입구에 은화를 양껏

밀어 넣은 뒤, 말라붙은 젖꼭지같이 굳은 숫자판을 꾹꾹 눌러 주기를 간절히 바랐을 거야. 공중전화 부스에 들어온 그이가 오래오래 네 품에 머물러 있기를...

월수입이 오천원도 안된다며 너는 푸념하지만, 그나마 명맥을 이어가고 있다는 걸 다행으로 생각해야 해. 얼마 전, 길 건너편 전화 부스가 철거되어 트럭에 실려가는 걸 보았어. 네 목숨은 살아도 산 것이 아냐.

새로움을 받아들이기 위해 옛것을 버려야 한다지만 정작 내 마음은 이를 허락하지 않는 걸 보면 나도 어쩔 수 없는 옛날 사람인가 봐. 무엇이 되었건 낡고 오래된 것들에게는 흘러간 시간의 무게만큼 가치의 소중함이 스며들어 있어. 요즘엔 너를 새롭게 만들려는 시도가 있어 다행이야. 미니도서관처럼 꾸미기도 하고, 심심치 않게 현금인출기를 친구삼아 네 옆에 세우기도 해. 위급상황에선 대피소로 쓰이기도 하지. 최근엔 전기차 충전소로도 활용한다고 하니 거리의 애물단지가 도시의 보물단지로 변신하는 건 시간문제야.

예쁘게 몸단장한 너에게 꼭 부탁하고 싶은 게 있어. 일단 네 품속으로 들어온 사람은 영화 속 주인공 스투처럼 모두가 새사람이 되어 나오는 기적을 보여 줘. 폰 부스라는 네모난 틀 안에 갇혀 있었지만, 자신이 만든 생각의 틀을 과감하게 깨뜨리고 나올 수 있게.

응답하라 공중전화!

안 그러면 너는 지겹도록 내 전화를 계속 받게 될거야.

작두 타다

내 옷장은 어둡다. 온통 짙은 그레이와 카키, 브라운 색깔의 옷으로 가득하다. 옷을 사러 갈 때마다 이번에는 뭔가 새로운 색감과 재질의 옷을 사야겠다고 마음먹지만, 내 의도와는 다르게 이미 옷장에 가득한 색깔의 옷들을 또 골라 오는 것이다. 분명 새 옷을 샀는데도 출근할 때면 어제 입었던 옷을 오늘 또 입은 것처럼, 옷은 많지만 입을 옷이 없다.

어머니는 내 옷장을 열 때마다 항상 못마땅해하셨다. 젊은 사람이 좀 산뜻한 옷을 입지 않고 허구한 날 칙칙한 색깔 옷만 입고 다닌다며 같은 색깔 옷들을 몇 개씩 골라내어 버렸다. 오일장에 가면 노란 티, 파란 바지, 빨간 외투를 사 오셔서 내게 입혀보려 했지만 나는 기겁하며 바깥으로 도망을 쳤다.

춘천에서 근무할 때였다. 직장에서 가까운 곳에 급히 집을 구하느라 이것저것 따져볼 겨를도 없이 부동산 중개사가 소개한 단층 주택 전셋집을 얻어 살게 되었다. 방학 때 중학생 딸아이가 갈색 푸들 강아지 한 마리를 집에 데려왔다. 바깥에 나가고 싶었는지 문 앞에서 낑낑대는 녀석을 데리고 나갔다. 강아지는 동네 산책을 하는 동안 신나게 뛰어다니며 길가에 난 풀잎에 코를 갖다 대기도 하고 한쪽 다리를 들어 나무뿌리에 자신의 영역표시를 하기도 했다.

소양강변을 따라 걷다가 평소 한 번도 가보지 않은 동네 뒷길로 접어들었다. 활발하게 뛰어놀던 강아지가 어느 집 앞에서 멈추더니 꼬리를 뒷다리 사이에 감추고는 내 눈치를 본다. 빨리 가자고 채근했지만 어쩐 일인지 꼼짝도 하지 않는다. 그집 대문 앞에는 오방색 깃발이 달린 키 큰 대나무가 꽂혀 있었다. 자세히 보니 이곳이 무당들의 집성촌인 듯 간판에 OO철학관, OO동사, 천상OO 등 범상치 않은 이름들이 걸려 있었다. 갑자기 온몸에 한기가 느껴졌다. 빨리 이곳을 벗어나야겠다는 강박관념에 강아지의 목줄을 세게 잡아당겼다. 말 못하는 짐승이라도 무당 집성촌에서 뿜어 나오는 강한 기운을 느낀 것일까. 발이 땅에 붙은 듯 꼼짝 않는 강아지를 안고 점집 골목을 빠른 걸음으로 벗어날 무렵, 무당에게 씻김굿을 받았던 어린 시절의 기억이 불현듯 떠올랐다. 일곱 살 때 가을쯤이었다. 아침에 일어나려니 어쩐 일인지 몸이 내 맘대로 움직여지지 않았다. 하루 전만 해도 아이들과 골목에서 신명나게 뛰어놀았는데 팔다리에 힘이 쭉 빠져 흐느적거렸다.

부모님은 하루아침에 전신이 마비된 나를 들쳐업었다. 용하다는 침술원에서 침을 맞히고 한약방에 가서 약을 지어먹였지만 무언가에 묶여버린 내 몸의 마법은 쉽게 풀리지 않았다. 어머니는 조상이 노하셨다며, 동네 굿당에 가서 씻김굿인지, 살풀이 굿인지를 부탁했고, 마을 사람들은 굿하는 모습을 구경하려고 우리 집 앞에 삼삼오오 모여들었다.

아버지의 등에 업혀 방에서 나온 나는 마당에 깔아놓은 멍석에 눕혀졌다. 붉고 푸른 깃발이 기둥에 높이 걸리고 무당은 울긋불긋한 옷을 입고 칼춤을 췄다. 가끔씩 그 칼을 내 머리 끝부터 발끝까지 수시로 갖다 대며 주문을 외는데 그 느낌이 몹시 섬뜩했다. 마당 한쪽에는 악사들이 나란히 앉아 장구와 자바라와 꽹과리를 쳤다. 피리와 해금 같은 악기도 곁들여졌는데, 그 음악소리가 귓속에서 쟁쟁거리면 머리가 깨어질 듯 아파왔다.

무당은 조상의 영혼을 달래어 보내야 한다며 화려한 옷을 입고 요란하게 언월도를 흔들며 내 몸에 붙어 있다는 잡귀를 쫓아내는 시늉을 했다. 곧바로 그 칼을 자신의 입술에 대고 쓰윽 긋기도 하고 입안에 넣고 돌리기도 했다. 쌀 됫박 위에 올려놓은 작두는 보기만 해도 온몸이 떨렸다. 무당이 올라서기 전에 시범을 보였는데, 무 같은 것을 작두날에 갖다 대면 여지 없이 싹둑 베어지는 광경에 작두의 날카로움이 어느 정도인지 짐작이 갔다. 서슬 퍼런 작두 위에 맨발로 올라서서 춤을 췄지만, 그 무당은 단 한 방울의 피도 흘리지 않았다. 훗날 내가 어머니께 작두를 타고도 어떻게 무당은 멀쩡할 수가 있냐고 물었을 때, 사람에게 신이 내리면 그리된다고 했다. 또 접신接神한 무당이 작두 위에 서면 신의 영적인 힘이 엄청 커지기 때문에 그때 내리는 공수는 어떠한 공수보다도 위력이 있다고 하셨다. 빨간 모자와 오방색으로 차려입은 강렬한 색감의 옷을 입은 무당은 지상에 내려온 저승사자를 떠올리게 했다.

영험하다는 무당의 퇴마의식에 내 몸의 악귀가 무서워 달아났는지 며칠 뒤 나는 거짓말처럼 벌떡 일어나 걷게 되었다. 어머니는 굿을 한 뒤 내가 일어나자, 그 무당의 말이라면 버선발로도 뛰어나갈 만큼 무조건 믿고 따랐다.

아마도 그때부터 나는 이 특별한 색깔에 대해 기피하게 되었는지도 모르겠다. 무당이 입고 있었던 원색적인 옷과 그가 흔들었던 오방색 깃발 중 가장 눈에 띄었던 빨간색은 감히 범접할 수 없는 딴 세상의 색깔처럼 내게는 금기시되어 버린 것이다. 더군다나 그런 옷을 입은 무당은 절대로 가까이하면 안 될 사람이라고 생각했었다.

겁에 질린 강아지를 딸아이가 데려가고 난 뒤, 울타리 낮은 집 마당엔 나팔꽃이 피고, 가지, 오이, 토마토 같은 열매가 주렁주렁 열려 혼자 먹기가 버거워 이웃과 나눠 먹었다. 할머니 한 분이 지나가시다가 "새댁이 잘 키워놓은 방울토마토를 할멈들이 오가며 잘 따먹네." 하신다. 할머니랑 마당에 앉아 옥수수를 먹으며 이런저런 이야기를 하다가 나는 듣지 말았어야 할 이야기를 듣고 말았다.

"그런데 새댁은 어쩌다가 이 집에 이사를 오게 되었어? 원래 이 집이 점집이었어. 집 주인이 무당인 줄 알고 들어왔는가?"

처음 이 집을 전세로 계약할 때 마흔다섯 평이나 되는 집의 전세가격이 너무 저렴하다는 생각을 했었다. 할머니 말씀이 맞다면 이제껏 나는 그렇게 몸서리치게 두려워한 무당이 살던 점집에서 아무 일 없이 몇 년을 잘 살았다는 게다.

그 일 이후 나는 색에 대한 편견을 조금씩 버리게 되었다. 강렬한 원색들은 다소 혼란스러웠지만 어느 날부터인가 태초, 생명, 영혼이라는 상징으로 내게 다시 각인되었다.

다큐멘터리 영화 〈만신〉을 보게 된 것도 그즈음이다. 무당 무(巫)로 읽히는 이 글자는 무당이 춤출 때 소매의 모양을 본뜬 것이라 한다. 조금 다른 해석은 하늘―과 땅―을 연결하는 사람 人, 즉 신과 인간의 중간자로서 두 세계를 이어주고 또 해석해주며 얽힌 것을 풀어주고 통하지 못하는 것은 통하게 해주는 존재, 이것이 무巫의 참뜻이라 믿게 되었다.

가끔은 점집에 가서 무당에게 묻고 싶다. 내가 옳은 방향이라 믿는 쪽을 향해 아무리 열심히 걸어도 힘든 순간이 찾아올 것이라는 슬픈 확신은 왜 드는 것인지, 왜 우리 삶에는 감당 못할 고통이 동반되는 것인지를. 우리는 미래를 보고 싶어서 무당을 찾지만, 정작 모든 것을 다 보는 듯한 무당의 삶은 내내 외롭고 슬프게 보인다. 그 자신도 고통을 받아 봤기에 자신을 찾은 사람들의 한을 위로할 수 있지 않았을까.

어릴 적, 그 날카로운 작두 위에 올라서서도 멀쩡했던 무당을 보고 사람들은 "신들렸다."고 했다. 신들린 상태에서는 인간이 평소에 못하던 일도 해낼 수가 있다는데, 가끔은 내게도 그 영험한 신이 오셔서 무당이 작두를 타듯 무아지경 빨려 들어가 가슴 속에 담아둔 말들을 주술처럼 쏟아내고, 신의 음성을 받아 적듯 미친 듯이 글을 쓸 수는 없는 걸까.

어쩌면 우리는 신이 오지 않았음에도 스스로 신들렸다고 믿으며, 각자 살아가는 경계에서 아슬아슬하게 작두를 타는 중일지도 모른다.

저녁이 온다

내가 알고 있던 익숙한 모습들이 아니다. 잠시 머뭇거리는 사이에 가을 저녁의 해는 순식간에 져버린다. 대낮엔 분명하게 보였던 사물들이 모두가 흐릿하다. 눈을 비비며 다시 바라보아도 그 실체는 모호하고 의심스럽다. 똑같은 거리를 한없이 멀거나 가까이 느껴지게 만드는 이 시간은 다소 몽환적이고 비현실적이다.

일본에서는 예부터 황혼을 일컬어 황黃은 살아있는 것의 시간인 낮이며, 혼昏은 죽음의 시간인 밤이라 하여 이들 사이의 경계가 허물어지는 시간이라 여겼고 그즈음에는 별의별 신神이나 요사스러운 것들이 돌아다닌다고 믿었다. 프랑스에서는 밤의 짙은 푸른색과 낮의 짙은 붉은색이 만나 저 너머로 다가오는 실루엣이 개인지 늑대인지 분간하기 어렵다며 황혼 무렵을 '개와 늑대의 시간'이라 부르기도 한다.

해가 졌는데도 서둘러 밤으로 넘어가지 못하고 미적거리는 밝음은, 안개처럼 낮고 자욱한 그늘이거나 어떤 존재의 미세한 흔적처럼 느껴졌다. 한낮의 수고로움과 번잡스러움이 황혼의 어둠 속으로 가라앉을 때, 이 신비로운 명암의 교착은 느닷없이 가슴을 꽉 메게 하고 속에선 울음 같은 것이 복받치게 했다. 해 질 녘엔 세상 어떤 것도 대답이 없고 산 자와 죽은 자가 한 공간에 있는 듯하다. 저 경계 어디쯤에 내가 그토록 그리워하던 어머니가 이쪽을 바라보며 손짓하고 계신 것은 아닐까. 낮과 밤의 경계에 있는 지금, 나는 우주의 질서 속 한 궤도를 따라 끊임없이 돌고 있는 중일지도 모른다.

지상의 모든 것이 흐릿하게 보이는 황혼의 시간에는 햇빛에 반사된 하늘과 우람한 둥치를 가진 나무들이 마치 데칼코마니된 그림처럼 호수와 한 몸이 되어 붙어있었다. 공원 호숫가에 서면 내가 안다고 믿었던 모든 것들이 속절없이 무너지고 만다. 이 세상엔 절대라는 말이 가지는 허상이 있다. '내가 옳고 너는 틀리다'라는 말을 할 수가 없다. 그러면 이제껏 내가 믿어온 것들은 무엇이었을까. 나는 신호등과 중앙분리선과 점선으로 이뤄진 차선을 믿는다. 그걸 믿지 않고서 어떻게 운전을 할 수 있을 것인가. 그런데 그것을 믿는다고 하는 것이 과연 옳은 말일까. 오늘도 분명 어디에선가 중앙선을 침범하여 일어난 사고가 있었을 것이다. 내가 믿었던 중앙선은 나의 안전을 지켜주지 못한다. 그건 단지 하나의 약속이었고 그렇게 믿어야 했던 오랜 습관이었을 뿐.

가끔은 내 입에서 나오는 말들이 그저 소리에 지나지 않을 때가 있다. 그때는 순간 정신이 아득해져 버리고 이명 같은 것이 들리기도 한다. 갈 길이 먼데 벌써 가버린 하루처럼, 탈선한 기차가 된 나의 일상은 선로 밖으로 떨어진다.

주말엔 집에서 가까운 장복산 시루봉을 오른다. 산세가 가파르고 잡목림이 울창하다. 산 정상에 위치한 바위의 형상이 하늘을 향해 포효하는 곰을 닮아 '곰실바위'라고 부르기도 하는데 멀리서 보면 사각형의 시루처럼 보여 '시루바위', '시루봉'으로 더 알려져 있다. 해발 653m라는 숫자만 보고 만만히 올랐다가 정상을 몇십 미터 앞두고 내려와야 했다. 산 정상은 준비되지 않은 자가 밟을 수 있는 영역이 아닌 듯싶다. 어쩌면 나는 이루지도 못할 것을 이루려고 이제껏 안간힘을 써온 것이 아닐까. 그건 처음부터 내 것이 아니었음에도 나는 그것을 갈망했고 나 이외의 것에 닿으려고 애먼 길을 걸어온 것은 아니었을까.

하루의 분주함이 고요에 드는 시간, 어느덧 나도 대자연의 일부가 되어 그 속에 함께 잠겨 있다. 자연은 누구 하나 편들지 않아서 좋다. 생긴 그대로의 모습을 있는 그대로 온전히 품어줘서 고맙다. 산 아랫마을엔 촉수 낮은 불이 켜지고, 집밥이 그리워 소박한 이름을 단 식당을 찾아 고개를 들이밀었다. 청국장찌개를 기다리는 동안 먹어보라며 주인장이 작은 소쿠리에 대봉감을 가득 담아 밥상 위에 올려준다. 앞마당 감나무에서 딴 것이라는데 후한 인심이 더해져 감 하나만 먹어도 배가

부를 듯하다.

뚝배기 밥을 짓느라 주인장이 양푼에 쌀을 박박 문질러 씻는다. 첫물은 버리고 두 번째, 세 번째 물은 다른 그릇에 모아 둔다. 막걸리처럼 뽀얗게 일어난 쌀뜨물은 밥을 안치는 데 쓸까, 청국장찌개 국물로 쓸까 궁금하다. 온종일 들떠서 뿌옇던 내 마음이 쌀 양푼의 뜨물처럼 조금씩 가라앉는다. 분연히 일어서던 마음의 뜨물을 가라앉히는 것은 지혜롭게 늙어가는 삶의 과정을 받아들이는 것과 다름없을 텐데, 저녁은 늘 그렇듯이 사람들에게 하루라는 시간들의 끝을 환기시켜 준다. 드러나지 않는 어떤 모습 하나로 인해 지금이라는 시간은 저 너머 과거의 시간이 되기도 한다. 조금 전 내가 본 것은 식당 벽에 걸린 액자와 시계가 아닌 그 속에 갇혀버린 시간이었다. 어쩌면 내 삶은 성공보다는 실패, 아침보다는 저녁이 더 많았을 것이다. 삶이란 언제든 모순의 연속으로 우리 앞에 펼쳐져 있다.

길을 걷다 잠시 멈춰 선다. 멈춰 서야 비로소 내 모습이 보인다. 내 목소리에 귀 기울이고 집중하는 것은 내 이야기를 들어줄 사람이 나 자신뿐이기 때문이다. 아무도 들어주지 않는, 아무에게나 말할 수 없는 내 이야기를 스스로 듣는 것이다. 주어진 삶에 대해 왜 사는가라는 의문을 항상 던져보지만, 그 답은 오늘도 해 질 녘같이 희미할 뿐이다. 하지만 저녁은 늘 '벌써', '어느새' 우리 곁으로 온다.

주유소의 두 남자

　구청 근처 주유소 사장님이 키 큰 직원 두 명을 더 늘렸다. 빨간색과 파란색 옷을 대조되게 입은 그들은 차들이 질주하는 대로변에 서서 긴 팔을 힘차게 휘저어 손님들을 주유소로 불러들였다. 흥겨운 노랫가락에 현란한 춤사위가 뭇사람들의 시선을 끌기에 안성맞춤이다. 해종일 땡볕에서 쉴 새 없이 일을 하지만, 누구 하나 그들에게 생수 한 병이라도 건네는 꼴을 못 보았다. 그뿐인가. 사장님이 한번 정해 준 자리에 서면, 단 한 발짝도 뗄 수가 없으니 직업 중에 이보다 더 최악의 직업이 어디 있을까 싶다.

　해 질 녘 그곳을 지나가다 옷에 바람을 잔뜩 넣은 그들을 다시 만났다. 지칠 법도 한데 여전히 신바람이 나서 몸통을 앞으로 기운차게 내밀었다가 팔다리 관절꺾기를 자유자재로 한다. 허리를 접었다가 펴는 동작이 매우 날쌔다. 뼈 없는 연체동

물도 아닌데 저리 재빠르게 허리를 꺾다간 몸을 다치지나 않을까 걱정스럽다.

　술 취한 듯 흐느적거리면서도 결정적인 순간에 상대방의 허를 정확히 찔러 쓰러뜨리는 취권이라는 무술을 홍콩영화에서 보았다. 취권은 실제 존재하는 중국 권법이라는데, '여덟 명의 술 취한 신선'의 동작을 본 따 만들어 "팔선취권", "취팔선권"이라 불린다고 한다. 두 남자가 흥이 폭발해 하늘을 향해 제멋대로 허우적대는 몸짓처럼 보이지만, 자세히 보면 그 동작에도 어떤 법칙이 있는 듯하다. 그들의 춤이 단순한 막춤이 아니라 무술의 경지에 닿았다면 그 이름은 취권醉拳아닌 정권正拳이다.

　오래전에, 비틀어진 척추를 바로 잡으려고 단학을 배운 적이 있다. 그때 스승님이 보여주신 시범 자세가 저와 비슷했다. 하얀 도복을 걸친 온몸이 춤을 추듯 자유자재로 움직였다. 신체의 어느 한 부분도 스승님의 의지를 거스르지 않았다. 그저 바람에 흩날리는 얇은 옷자락처럼 부드럽고 가벼웠다. 하지만 호기심에 만져 본 스승님의 팔은 무쇠처럼 단단해 바늘 하나 들어갈 틈이 없었다. 그럼에도 불구하고 그토록 편안한 몸동작이 나오는 이유는 무엇이었을까. 끊임없는 육체의 수련과 호흡의 조절이 밑바탕이 되지 않았다면 아마도 그러한 품세를 얻지는 못하였으리라. 서예에 비유하자면 그 품세는 해서楷書요, 그 쓰임은 초서草書와 같다고나 할까.

　주유소의 두 남자도 형체는 저 모양을 하고 있으나, 필시

천년을 기공 수련으로 단련한 몸이리라. 상·중·하단전이 모두 하나가 되어 몸속이 텅 비어진 순간, 공空과 무無의 경지가 아니라면 저렇게 미친 듯한 춤을 출 수가 없다. 거친 숨을 몰아쉬고 접신한 듯한 춤사위에 넋을 잃은 듯 빠져든다. 백회와 용천이 하나 되어 몸 자체가 비워지고 없어지면 그저 남은 것은 색色이라 그냥 우리 눈에 보여지는 것일 뿐.

사람의 욕심은 한도 끝도 없어 자꾸만 위로 솟구치니, 이 무모한 기운을 가라앉히려면 배꼽에 힘을 모으고 몸속의 에너지가 활발하게 순환되도록 기체조나 몸을 굽혔다 폈다 하는 굴신 운동이 제격일 것이다.

하늘 높이 솟아올라 뼈 없는 연체동물처럼 팔다리를 나풀거리며 누구에게나 굽실굽실 인사하는 사나이들의 몸짓을 한동안 지켜보았다. 그러다 어느 순간 가슴 한 곳이 먹먹해졌다. 장난기 가득한 그들의 표정에서 불현듯 오래전에 세상 떠나신 아버지의 모습을 보았기 때문이다. 그것은 우스꽝스러운 어릿광대의 춤이 아니라, 살기 위해 발버둥 치는 가장家長의 처절한 몸부림이었다.

아버지는 언제나 꿈꾸었을 것이다. 삶의 고통으로 옥죄어진 족쇄를 풀고 자유롭게 훨훨 날아오르고 싶었을 게다. 목울대까지 치밀어 오르는 격정과 울분을 참고 견딘 것은, 아침마다 어머니가 매어준 넥타이가 비상飛上하고 싶은 아버지의 욕망을 꽉 움켜쥐고 있었기 때문은 아니었을까. 넥타이가 바로 식솔들의 생명줄임을 알았던 아버지는 혼자 감당하기 어려운

생의 무게를 양어깨에 짊어지고 평생을 살아온 것이다. 6·25참전 때, 고지 탈환 작전에 공훈을 세웠지만 총탄에 잃은 한쪽 팔로 인해 승리의 깃발을 정상에 꽂지 못하였대도, 아버지는 이미 우리들의 영웅이었다. 어린 자식들 앞에선 단 하루도 아플 수 없었던 가장은 간절한 꿈을 가슴 깊숙이 묻고 바람에 부대끼며 흔들리는 어릿광대가 되었으리라. 절실한 존재의 긴 팔다리, 나는 이편도 아니고 저편도 아니라고 진실성 없는 헛바람도 초월한 듯 흔들리다가 바로 서기를 반복한다.

어느 시인이 말했다. 산다는 건 바람이 잠자기를 기다리는 것이 아니라 그 부는 바람에 몸을 맡기는 것이라고. 바람이 약해지는 것을 기다리는 게 아니라 그 바람 속을 헤쳐나가는 것이라고.

아버지가 남기고 간 삶의 긴 한숨이 내 몸속을 관통한다. 오래도록 웅크린 기억들이 분연히 일어선다. 나도 주유소의 두 남자처럼 가슴에 바람을 품고 현란한 테크노 댄스를 춘다. 바람으로 만들어진 몸. 바늘 하나면 사라질 어릿광대의 형상.

주유소 앞 바람인형처럼 어떨 때는 내 몸이 한없이 가볍게 느껴지지만, 왜 우리네 삶은 거대한 우주같이 무겁게 내려앉는 걸까.

지네와 군화

휴가를 다녀와 전투화로 신발을 바꿔 신던 김하사가 소스라치게 놀라며 비명을 지른다. 신발 속에 무언가가 들어있었던가 보다. 전투화를 거꾸로 뒤집어엎자, 몸체가 제법 길고 시커먼 생물체가 바닥으로 털썩 떨어졌다. 비가 오거나 습기가 많은 날은 심심찮게 등장하는 지네란 놈이다. 우리의 눈보다 더 날래게 책상 아래로 몸을 숨긴 지네는 그 후로 행적이 묘연했다. 사무실은 아수라장이 되고 모두가 탁자와 의자 밑을 샅샅이 수색했지만, 지네는 모습을 드러내지 않았다.

몇 년 전에 나도 지네에게 어이없이 당했던 기억이 있다. 바쁜 일이 있어, 휴일인데도 사무실에 출근했었다. 다음 날 아침에 부서장에게 보고할 문서를 작성하느라 그것에만 집중하고 있었는데, 이상하게도 발목 쪽이 조금 간지러웠다. 책상 아래가 어두워 잘못 보았을 수도 있지만, 과자봉지 모서리가 깔짝깔짝 발목을 건드리는 것 같았다. 다리만 몇 번 흔들고는 다시 일에 몰두하려는 찰나, 마치 커터칼로 오려낸 페트병의 날카로운 부분이 살을 깊게 찌르는 듯한 통증이 발목에 느껴졌다.

의자를 완전히 밀어내고 운동화 신은 발을 들어 내어보니, 검은 색깔의 운동화 끈이 발목 쪽으로 올라와 있었다. 그런데 운동화 끈에 황갈색의 실밥같은 것이 일정한 간격으로 붙어 있었고 좀 더 가까이 실체를 확인하려 했을 때 그 검정색 운동화 끈이 움직이기 시작했다. 내 발목까지 올라온 것은 검정색 운동화 끈이 아니라 지네였다. 아마도 태어난 이래 그렇게 큰소리로 비명을 질렀던 적이 있었던가 싶다. 끈이 느슨하게 묶인 운동화를 빈 공간으로 사정없이 차 버렸는데, 그것이 화단 쪽 유리창까지 날아갔다. 통증이 점점 심해지고 발목이 붓기 시작했다. 내일 당장 올려야 할 보고서였지만, 그 공간에 지네와 함께 있기란 도저히 참기 힘들었다. 부기와 통증은 사나흘 동안 나를 몹시 괴롭혔다.

지네 외에도 우리 사무실엔 방문객이 꽤 많다. 어떨 땐 개구리가, 또 어떨 땐 사마귀가, 심지어는 진해 속천항 갯벌에 사는 참게도 위병소에 선 그 엄중한 보초병의 경계를 뚫고 침입해 공공연히 복도를 옆닥걸음으로 기어 다닌다.

내 발목을 공격한 지네는 며칠이 지난 뒤, 사무실을 벗어나 화장실로 가는 복도 중간 쯤에서 발견되었다. 지나가던 어느 군인의 군홧발에 능지처참을 당했는지, 먹을 게 없어 아사했는지 알 수 없지만, 두 동강 난 몸체가 말라비틀어진 채 복도 한쪽에 밀쳐져 있었다. 사무실에 들어와 신발 속으로 들어간 죄가 죽임을 당할 만큼 대죄인지, 지네가 살아나서 내게 묻는다면 뭐라 할 말이 없다.

같은 생물이 똑같은 행동을 해도 어떤 놈은 귀염을 받고, 또 어떤 놈은 지탄을 받는다. 외모가 징그럽고 흉물스럽다고 사람에게 반드시 해악을 끼치는 것은 아닐 텐데, 사람들은 우선 겉모습만 보고 판단할 때가 많은 것 같다. 따지고 보면 지네는 자신이 살기 위해 최적지라고 생각한 우리 사무실로 들어와 가장 아늑하게 느껴졌던 군화나 운동화 속에서 웅크리고 있었을 뿐, 애초에 사람을 해치려고 하진 않았을 것이다. 사람의 움직임이 있었기에 자신을 보호하기 위해 본능적으로 상대방을 물지 않았을까. 숲속에서 가끔 만나는 뱀도 자신을 먼저 건드리지 않으면 그냥 딴 곳으로 쓱 지나가 버린다. 뱀은 그냥 거기에 있었을 뿐이고 사람이 뱀의 영역을 침범한 것인데, 원래 자기가 거기 있었던 것처럼 야단법석을 하고 고함을 쳐대며 뱀을 쫓거나 잡아서 응징하려고 한다. 어쩌면 가만히 있는 생물에게 시비를 거는 쪽은 인간이 먼저인 것 같다.

처음 본 벌레의 주검을 가져와 이름을 묻는 사람에게 왜 죽였냐고 물어보면 어처구니없게도 "무엇인지 몰라서 죽여버렸다."고 한다. 왜 낯선 벌레를 보면 두려워하고 없애지 못해 안달을 하는 것일까. 우리는 나와 다른 존재나 환경을 대할 때 대부분 이런 잣대로 판단하는 경향이 있다. 나에게 이로운 것인가, 아니면 해로운 것인가. '좋다'와 '나쁘다'는 구분은 바로 그 잣대로 저울질한 끝에 나오는 것이다. 한번 '나쁘다'는 낙인을 찍어버린 것들에게는 좀처럼 고운 눈길을 주지 않는다. 물론 벌레에게만 그런 잣대를 갖다 대는 것이 아니라 주위의 모든 존재들에 대해서 적용하는 것 같다. 어쩌면 그런 생각들이 벌레와의 관계뿐만 아니라 다른 외부세계와의 관계도 삐걱거리게 만드는 것이 아닌가 싶다.

세상엔 추한 것들과 아름다운 것들이 혼재되어 공동의 적으로 만드는 우리는 어떤 이념에 지배당하고 있는 것일까. 곤충이 징그럽다는 생각을 본능이라 착각하는 우리는 어떤 본질을 왜곡하고 외면하는 걸까.

퇴직을 몇 년 앞두고 귀농·귀촌의 꿈을 꾸고 있는 내게, 생태계와 환경은 지대한 관심사가 되었다. 시골에 들어가 산다면 사람보다 더 자주 만나야 하는 것들이 벌레며 곤충들일 것이다. 누군가는 지금 북한 아이들이 굶어 죽고, 이라크 소년들이 폭탄에 맞아 사지가 절단되는 마당에 파리나 모기와 같은 하찮은 생명에 관심을 기울일 여유가 어디 있냐고 반문할지 모른다. 파리나 모기의 생명이 인간의 생명만큼 중요하다는 것이 아니라, 파리나 모기에 대한 증오심과 북한과 이라크 아이들의 비극을 불러온 증오심이 똑같다는 것을 이제야 알 것 같다.

유일하게 인간만이 편견을 갖는다고 한다. 근거 없는 두려움에서 비롯된 편견의 대물림, 자신의 이익을 위해 이러한 편견을 더욱 부추기는 마음을 버리고 그들과의 새로운 관계를 통해 우리 자신과, 나아가 이 세상과 새롭고 건강한 관계 맺기를 해야 할 것 같다. 자신의 안전을 위해 무턱대고 자신과 '다른' 존재를 파괴하기보다 그들을 이해하고 평화롭게 공존할 수 있는 길을 만들어가야 하지 않을까.

나와 똑같지 않다는 것을 차별과 경멸의 근거로 삼고, 당연히 자신과 다를 수밖에 없는 상대방을 적으로 간주하는 세상에서 권력을 독점한 자와 세계관, 생활양식이 다르거나 심지어 생김새가 다른 자는 생명의 위협까지 감수해야 한다. 우리가 권력자가 아니라고 해서, 전쟁을 일으키지 않았다고 해서 증오심과 무관하다고 할 수 있을까. 미국 경찰의 살인행위로 숨진 조지 플로이드 사건으로 미국에서 "흑인의 생명도 소중하다(Black Lives Matter)"는 시위가 한동안 뜨거웠었다. 인종차별에 대해 백인 경찰의 폭력에 항의하고 흑인 인권을 지지했던 많은 단체들과 기업들은 먼저 자성과 함께 근본적 해결방안을 고민하는 모습들을 보였다. 나 또한 아무 이유없이 흑인에 대해서 편견을 가졌던 적이 있었다. 세상의 변화를 만들어내기 위해서는 사회 시스템을 향해 목소리를 높일 것만이 아니라 나 자신부터 먼저 변화해야 한다는 생각이 든다. 상대방이 사람이든 곤충이든 그 '다름'을 증오하지는 않는다 하더라도 상대방이 '다름' 때문에 받는 고통에 무관심한 것도 죄가 아닐까.

가끔 사무실에 들어오는 불청객을 몰아내기 위해 더 강력하고 새로운 살충제를 뿌리는 일은 더이상 하지 않기로 했다.

그것은 벌레나 곤충에게만 해로운 것이 아니라 사람에게도 결국 나쁜 영향을 미치는 일이니까. 지네에게 여기 말고 다른 아지트를 구해보라며 군화를 신기 전엔 반드시 바깥에 들고 나가 화단이나 숲속에서 털어내고, 운동복을 갈아 입을 때도 신호를 먼저 주기로 했다. 혹시나 그곳에서 포근하고 아늑한 잠을 청하고 있을 벌레들을 깨워 원래 있던 자리로 돌려보내기 위해.

3부

젓국 달이는 밤

그때 내 나이 서른쯤이었을까. 동료와의 경쟁에서도 뒤처지고 삶이 무기력하게 느껴져 밥맛조차 딱 떨어졌을 때, 속내를 알아챈 친정어머니가 그럴수록 잘 먹고 기운을 차려야 한다며 동생 편에 챙겨 보내신 밑반찬 통에 담겨왔던 멸치 육젓. 그 짭쪼름하고 콤콤한 맛이 새삼 그립다. 처음엔 눈살을 찌뿌리며 맛을 보다가 한 번 먹어 본 뒤로는 도저히 그 맛을 잊을 수가 없을 정도로 은근히 입맛을 당기게 했다.

작년에 기장 멸치축제에 갔다가 근처 어시장에서 사 온 멸치 젓갈 한 통이 김치냉장고 구석자리에서 자그마치 1년을 잠잤다. 숙성되지 않은 생 멸치에 굵은 천일염을 쏟아 붓듯이 절여놓았기에 아무리 발효가 되었다 해도 젓국을 숟가락에 덜어 맛을 보면 그 즉시 물 몇잔을 연거푸 들이켜야 할 판이다. 그래도 멸치 육젓은 살이 아직 탱탱하게 살아 있어 청량고추를 송송

썰어 넣고 다진 마늘과 고춧가루로 버무린 뒤 통깨를 솔솔 뿌려 한 접시 담아내면 밥도둑이 따로 없다.

육젓을 따로 건져내고 나머지 젓갈로 액젓을 만든다. 김장 담글 때 쓰려면 지금쯤 젓국을 달여서 걸러야 하는데 진작 마음은 먹었는데 차일피일 미루기만 했다. 어머니가 젓국 달이는 것을 본 적은 있지만 한 번도 직접 달여 보지 않아 제대로 맛이 날지 걱정이었다. 하지만 굼뜬 나를 더욱 머뭇거리게 만든 다른 이유가 있었다. 이미 수십 년이 지났지만 어릴 적 바로 코앞에서 맡았던 그 지독한 젓국 달이는 냄새를 뇌세포는 지금까지 아주 선명하게 기억하고 있었기 때문이다.

예닐곱 살 때, 동네 어귀에서 아이들과 놀다가 집으로 돌아오는 길이었다. 신작로에서 골목에 접어들자 문득 코끝을 찌르는 지독한 냄새에 중독이라도 된 듯 코를 킁킁거리며 냄새를 따라 발걸음을 옮겨갔다. 누가 이런 고약한 냄새가 나는 물건을 태우는 것인지 궁금해졌다. 그러다가 곧 알게 되었다. 그 악취의 근원지가 바로 우리 집이었음을. 함께 놀다가 집으로 돌아가던 아이들에게 창피하여 쥐구멍이라도 있다면 숨고 싶은 심정이었다.

어머니는 마당 한쪽에 늘 한가롭게 앉아 있던 커다란 곰솥에 무언가를 달이고 있는 중이었다. 달인 시간이 오래되었는지 생각없이 숨을 훅 들이마셨을 때 후각은 물론 온 정신이 혼미해 질 정도로 그 냄새는 강력했다. 하필이면 이럴 때에 누가 우리 집을 찾아오지나 않을까 전전긍긍하며 창문을 모두 열고 부채를 가져다가 부치며 난리법석을 떨었다. 어머니는 그 냄새가 아무렇지도 않은지 호들갑을 떠는 내 모습을 보고 그저 싱긋이 웃고만 계셨다.

부엌은 물론 안방과 다락방, 마당과 뒤란의 장독대까지 점령한 그 강력한 냄새는 우리 집 공기를 침울하게 만들었다. 어머니는 솥단지 앞을 지키며 이상한 냄새가 나는 액체가 끓어 넘치지 않도록 정성을 다하셨다. 잘 달여진 멸치 젓갈은 면 보자기에 여러 번 걸러져 맑은 액젓만 유리병에 다시 담겼다. 지독한 냄새를 풍기던 요상한 것이 어머니의 손길을 거쳐 조물조물 나물무침과 온갖 만난 김치로 환생하고 국물요리에 빠질 수 없는 양념장이 되었다는 것은 그 후로 한 참 뒤에서야 알게 되었다.

바닷가 바위섬에 다닥다닥 따개비마냥 붙어사는 도심의 주택지에서 젓국을 달이는 일처럼 무모한 일이 있을까. 요즘의 아파트 생활이란 누가 무엇을 요리해 먹는지 다 알 수 있어서 청국장이나 간장게장을 만들어 먹을 때에도 이웃눈치를 보아야 하는 세상이 되었다. 달여지면 최고의 맛장으로 거듭나겠지만, 육탈한 영혼처럼 빠져나온 냄새는 온 가족은 물론 이웃까지 몹시 괴롭힐 게 틀림없다. 옛 입맛에 길들여져 뒷감당 못할 멸치 젓갈 한 통을 사놓고 마음고생이 이만저만이 아니다. 누군가는 사랑하는 여인을 보쌈하여 야반도주를 한다더니 어이없게도 이번만큼은 초짜 주부가 된 내가 이웃이 잠든 깊은 밤에 비밀스런 작업을 수행해야 한다.

지금은 모두들 옛날보다 자유분방하게 산다고 생각했는데 오늘 밤만은 그렇지 않다고 고개를 세차게 흔든다. 공공질서라는 테두리에 갇혀 무엇 하나 마음대로 할 수가 없다. 개인의 자유는 형식에 얽매여 있고 누구든 법의 지배에서 벗어날 수 없다. 물질주의가 팽배하고 모든 것이 빠른 속도로 돌아가는 현실에서 이미 정신은 사라진지 오래다. 공동주택에 살면서 냄새나는 젓국을 달인다는 행위는 구시대적인 산물로 영원히 추방되어야 하며 만약에 이웃에 들켰을 경우 지탄을 받아 마땅한 것일까. 편리함과 물질적 풍요를 얻은 대신 우리에게 소중한 것들을 잃어버렸다는 생각에 허탈해지기까지 한다.

젓국을 달이면서 생각한다. 벌써 쉰을 넘긴 시간을 살고 있는 나. 생을 그냥 날 것 그대로 낭비하는 것이 아니라, 멸치 젓국 달이듯 늑진하게 삶을 달여서 가장 맛있는 인생을 요리하는 사람으로 거듭날 수 있게 되기를. 세상과 사물을 한 발짝 정도 뒤쳐진 걸음으로 여유롭게 바라보는 시선을 즐기기를. 내가 살아온 삶 그 자체 뿐 아니라 일상과 주변에 무심히 지나칠 수 있는 소소한 사물들이 가지는 큰 의미를 부디 놓치고 가는 일이 없도록.

이웃들이 잠든 시간이긴 한데, 혹여 예민한 후각을 가진 사람이 이 고약한 냄새를 추적하여 우리 집으로 득달같이 달려오지는 않겠지. 시장에 가면 단돈 몇 천원에 구입할 수 있는 액젓 한통을, 늦은 밤 잔뜩 상기된 얼굴로 이웃의 심기를 살피며 몰래 달이고 있는 이 현실에 마냥 웃어야 할지 울어야 할지.

멸치 똥을 따며

나이 오십이 넘어 소주 맛을 알게 되었다. 새벽녘에 내린 소낙비에 잠이 깨어 아무리 뒤척여도 다시 잠들기가 힘들다. 부엌에 나와 냉장고에 든 소주 한 병을 꺼낸다. 기껏해야 마른 멸치 한 줌을 고추장에 찍어 먹는 것이 안주의 전부지만, 이제 안주 없이도 술맛이 쓸 때와 달 때를 구분할 수 있게 되었다.

멸치 대가리를 떼어내고 새까만 똥을 빼낸다. 멸치 똥을 쉽게 빼내려면 아가미 쪽에 이쑤시개를 넣고 아랫배 부분을 들어 올리듯 하면 모양이 흐트러지지 않게 멸치 똥만 제거할 수 있다. 이 방법을 몰랐을 땐 멸치를 반으로 쪼개어 속에 든 새까만 똥을 긁어내느라 멸치 몸통이 부스러진 게 태반이었고 깔아놓은 신문지엔 멸치 가루가 수북했다.

멸치의 어원은 물 밖으로 나오면 금방 죽는다는 데서 유래

했다고 한다. 광활한 바다에선 큰 물고기에게 쫓겨 다니느라 항상 주눅 들었을 테지만, 줏대도 없고 창시도 없고 배알도 없는 요즘 세상 사람들을 비꼬느라 오히려 작은 멸치를 뼈대 있는 가문이라 우스갯소리를 자주 한다. 보통 물고기의 위胃 주머니를 가르면 그 물고기보다 작은 크기의 물고기가 들어 있지만, 멸치는 배를 갈라도 작은 물고기가 나오지 않는다. 물고기가 아닌 플랑크톤을 먹기 때문이다. 이렇듯 먹이사슬의 가장 아래에 있는 물고기가 멸치인 것이다.

지금은 불면증 환자의 안주거리로 오른 저 멸치의 전생도 어느 한때는 격정의 찰나가 지나갔으리라. 기껏 살아봐야 1년 반 정도라는데, 구부러진 등과 몸에 비해 유난히 큰 입은 비스듬히 경사져 있다. 비쩍 말라버린 몸과 그 여린 뼈 속에 감히 소리 한번 못 내지르고 억눌렸던 비명이 숨었으리라. 생각해보니 저 새까만 똥은 그냥 단순한 똥이 아니라 멸치의 내장들이었다. 언뜻 보기에 검고, 맛도 씁쓰레하여 멸치 똥이라 여겼던 게다.

멸치 똥을 따며 문득 생각해본다. 당신도 저 멸치의 내장처럼 어지간히 속을 태웠겠구나. 내장이 마르고 비틀어져 저리도 새카맣게 타버렸겠구나. 새벽별 보고 출근하여 거래처를 한 바퀴 쭉 돌아보고 자갈치 시장 모퉁이, 뜨거운 멸치 국물에 말아먹었던 국수 한 사발. 꽃무늬 몸뻬 입은 국수집 할머니는 멸치내장도 빼지 않고 통째로 육수를 낸다고 했다. 약간 씁쓸해도 몸에 좋은 영양분이 엄청 많다나 뭐라나.

바싹 마른 멸치처럼 고달픈 삶을 살며 당신은 또 얼마나 많은 좌절을 맛보았을까. 단단한 벽에 박히는 못처럼 때로는 튕겨 나고 때로는 온 몸이 구부러지기도 하며 그 고통의 순간들을 견뎌내는 동안 애간장인들 어찌 녹아내리지 않았으랴.

삶이 막막함으로 다가와 주체할 수 없이 울적해질 때, 세상의 중심에서 밀려나 어느 한 구석에 처박혀 버린 듯한 회의에 빠진 적도 많았을 테지. 그 숱한 날들의 상처들도 저녁에 대문을 열고 들어서면 마당의 조롱박처럼 달린 자식들의 천진난만한 눈동자를 보며 조금씩 아물어 갔을 게다. 하지만 이미 멸치 똥처럼 새까맣게 타버린 아픈 속을 끝끝내 보여주지 않았기에, 그 속 모르는 아내는 아무런 준비도 없이 갑작스런 이별을 맞이할 수밖에.

후두두둑! 소낙비가 내리는 새벽녘에 옆에 누운 사람에게 늘 하던 버릇처럼 "여보, 창 밖에 비가 엄청 내리네요."라고 소곤거리면, 비몽사몽간에도 "그러게 말이야. 웬 소낙비가 저리 내릴까."라며 대답해 주던 사람이 이젠 내 곁에 없다. 그가 존재하지 않는 공간이 이토록 헛헛하고 적막할 줄은 예전엔 미처 몰랐었다.

내가 누군가를 필요로 할 때, 또 누군가가 나를 필요로 할 때 나는 비로소 존재함을 깨닫는다. 여태껏 나를 지탱해 온 힘은 가까이서, 혹은 멀리서 언제나 나를 따뜻하게 품어주고 바라보아준 누군가의 시선이 있었기 때문이었다.

돌아올 수 없는 강을 훌쩍 건너가 버린 사람. 나보다 먼저 당도해버린 그 곳은 나중에 내가 혼자서 가야할 먼 길이다. 너무 아프고 시린 슬픔도 먼발치에 떨어져 바라보면 그 농도가 조금은 옅어지는 것일까.

어디서부터 언제 어떤 일이 들이닥칠지 도무지 알 수 없는 상황이지만 그럼에도 오늘을 묵묵히 살아가는 우리들 속에 그와 나는 함께 묶여 있었다. 인간이란 우주적 종말이라는 불안한 시간 앞에 서 있는 유한한 존재들이고, 우리가 그토록 애써 살아가는 일상이란 새벽녘 빗소리에 잠깨어 소주 한 병을 놓고 안주삼아 '멸치 똥을 따는 일'과 크게 다를 것이 없지 싶다.

불면증에 소주 몇 잔이 특효약이 될까마는 한 잔은 내가 마시고, 또 한 잔은 그냥 비워둔다.

바람이 머물다 간 자리처럼

　늘 가던 목욕탕이 내부 공사를 하는지 "임시휴업"이라 써
붙여놓았다. 옷차림새가 후줄근하여 좀 멀리 있는 새 목욕탕
을 포기하고 오래된 건물에 있는 가까운 목욕탕으로 간다. 허
름한 시설 탓에 젊은이들은 찾아보기 힘들다. 근처 목욕탕의
임시휴업으로 사람들이 이곳으로 다 몰렸는지 탈의실부터 북
적거린다.

　더운 김이 모락모락 피어오르는 목욕탕 안은 이미 수많은
사람들로 꽉 들어차, 오늘 편안한 목욕을 하긴 다 글렀구나
싶다. 두리번거리다 용케도 빈자리 하나를 발견하고선 얼른
목욕바구니를 갖다 놓는다. 앞사람이 사용한 뒤 그대로 두고
간 듯한 목욕탕 의자를 깨끗이 닦고 거울 옆에 달린 샤워기를
내려 속 시원하게 물세례를 내리려던 순간, 앙칼스럽고 사나
운 목소리가 내 귓속을 사정없이 후벼 판다.

"아줌마, 여긴 내 자린데, 옆에 뭐 놔 둔거 보면 몰라요?"

조금 전까지 분명 사람이 앉아 있지 않은 빈자리였는데, 어디선가 나타난 한 아주머니가 자신의 자리임을 주장한다.

"빈자리 같아서 앉았는데..."

"무슨 소릴 하고 있어요? 여긴 엄연한 내 자리라고요."

자신이 선점한 자리라며 멀리 있던 세면도구들을 내가 있는 쪽으로 사납게 밀어붙이는 그녀에게 더 이상 찍소리 못하고 밀려난다. 그냥 조용히 말하면 될 것을 큰 소리로 떠들어 뭇사람들의 시선을 한 몸에 받게 만든 그녀의 처사가 몹시 언짢다.

앉아서 몸을 씻을 수 있는 공간의 반 이상이 비어있는데도, 많은 사람들이 자리가 없다며 탕 주변에 붙어 앉아 있다. 작은 바가지로 물을 떠서 끼얹으며 불편한 목욕을 하고 있는 탕 주변의 사람들 때문에, 탕에 들어가려는 사람들까지도 발 디딜 틈이 없어 움직임이 자유롭지 못하다. 대중이 함께 이용하는 목욕탕 자리가 어찌 누구만의 것일 수 있을까.

목욕도구를 여기저기 흩어두고 자리를 선점한 다음, 온탕과 냉탕을 오가며 시간을 보내는 사람들과 한증막에 들어가서 오랫동안 그 자리로 돌아오지 않는 사람들도 많다. 지금 당장 사용하지 않는다면 목욕바구니를 정리하여 공간을 내어주고 뒤에 온 어느 누구라도 앉을 수 있도록 해야 한다. 비어있는 자리를 두고서 앉지 못하고, 목욕을 이제 막 끝내려는 사람에게 자리를 달라고 읍소하듯 사정하는 이 어이없고 불편한 상황을 어떻게 받아들여야 할까.

버스정류장에서 줄을 서고 화장실에서 한 줄로 서서 순서를 기다리는 것처럼 목욕탕에서도 자리를 잡아두지 말고 차례대로 비어있는 곳에서 씻는다면 얼마든지 쾌적한 목욕을 할 수 있을 게다. 하지만 왜 모두들 불편을 겪으면서 그것을 되풀이하고 있을까. 아마도 지금껏 누구나 그래왔듯 목욕탕에 가면 늘 자리 맡기를 습관처럼 해왔었기 때문이 아닌가 싶다.

그까짓 자리 하나가 무어 그리 대단하다고 언성을 높이고 얼굴을 붉혀가며 다투어야 하나. 천년만년 목욕탕에서 살 것도 아닐 텐데 말이다. 아무런 경제적인 가치도 없는 것들에게 집착하며 텃세하는 사람들을 보면 우리나라가 아직도 개발도 상국이나 저개발국가의 틀을 벗어나지 못한 게 아닌가 하는 생각까지 하게 된다. 어린 시절, 기난 속에서 하루하루 입에 풀칠하기도 힘들어서 자기 것을 악착같이 챙기려는 습성이 이제껏 남아있다는 것을 보여주려는 걸까. 은연중 내게도 그런 모습이 보일 땐 남들이 눈치챌까봐 내심 부끄럽고 민망하다.

가끔 나도 기차여행을 하면서 창가 자리를 고집한다. 기차가 달리는 동안, 창밖의 풍경을 놓치고 싶지 않아서다. 비행기를 타거나, 배를 탈 때도 창가 자리를 확보하기 위해 예약을 서두른다. 통로 쪽 자리를 예약한 사람이 나보다 먼저 타서 내가 예약한 창가 자리에 앉아 있으면 거기가 내 자리니 일어나 달라고 말하기가 좀 쑥스럽다. 나이가 지긋하신 분이라면 말도 못하고 속만 태우다 목적지에 도달하고 만다.

창 쪽에 앉아서 여행을 한다고 바깥 풍경을 모조리 내 기억 속에 넣어 둘 수는 없다. 바깥에 잠시 눈길을 주다가 이내 피곤해서 눈을 감아버리거나 어디선가 걸려온 전화나 문자 메시지에 집중하다보면 풍경은 어느새 내 뇌리에서 사라지고 없다. 그러다 문득 다시 창밖을 보면, 나무들이 쏜살같이 내 시야를 비껴 달아난다.

뒤쪽으로 휙휙 달아나는 나무들을 보니 언젠가 책에서 읽은 사스래나무와 전나무의 자리다툼이 떠오른다. 자리다툼은 사람이나 동물들의 세계에서만 있는 것이 아니었다.

침엽수인 전나무와 낙엽활엽수인 사스래 나무는 북극이나 고산 툰드라지대에서 극심한 추위를 견디며 산다. 전나무가 본래 추운 곳에서 잘 살 수 있는 수종이긴 하지만 사스래나무만큼은 못하다. 사스래나무는 현존하는 수목 중에 극한의 추위와 바람을 이겨내는 아주 강한 낙엽활엽수로 나무가 살 수 있는 마지막 한계선에 서 있는 유일한 수종이라 한다. 수목한계선 이상의 지대에서는 어떤 종류의 나무도 살아남을 수 없다. 이 때문에 수목한계선 최전방을 사스래나무가 차지하고 그 뒤에 전나무를 비롯한 침엽수가 산다. 추위를 잘 견디는 사스래나무가 전나무의 울타리가 되어 바람막이를 해주기 때문이다. 바람막이를 이용해 잘 자란 전나무는 무럭무럭 자라 사스래나무보다 더 큰 키로 성장하며 위쪽으로 가지를 뻗어 마음껏 공간을 차지한다.

키 큰 전나무의 그늘에 가려진 사스래나무는 광합성의 양도

줄고 탐욕스러운 전나무의 식욕에 흙 속의 물과 양분마저도 빼앗기고 만다. 자신들의 터전을 잠식한 전나무 아래에서 사스래나무는 서서히 죽어가고 식물의 영토 싸움에서 살아남은 전나무는 하늘과 땅을 모두 점령한다. 우리가 보고 있는 식물의 군락이 오랜 세월을 거치는 동안 여러 차례 주인이 바뀌었다는 것을 아는 사람들은 그리 많지 않은 듯하다.

오늘도 여기저기서 크고 작은 자리다툼들이 수없이 일어나고 있을 게다. 버스나 지하철에서 자리를 잡기 위한 눈치 싸움은 그냥 애교로 봐 줄만하다. 근력이 약해진 어르신들이 차에 오르자마자 사람들을 밀치고 자리에 앉기 위해 몸싸움을 하는 모습도 머지않은 미래의 내 모습이려니 생각하면 측은하기까지 하다.

또 직장에서의 자리 지키기란 먹고 먹히는 정글과 다를 바 없다. 모두가 높은 자리에 앉기를 원하지만 자리는 한정되어 있다. 한정된 자리이기에 서로가 경쟁할 수밖에 없고 그 자리에 앉지 못한 사람은 결국 밀려나고 만다. 서점엔 인문학 서적보다 처세술과 성공에 관한 책들이 산처럼 쌓여 있다. 타고난 재능이 없는 사람은 학습이라도 해서 처세에 능한 사람이 되려고 하지만 책에서 가르쳐 준 대로 되는 일도 없고 그것에서 해결책을 얻기는 더 힘든 듯하다.

누군가는 그럴듯한 지위를 얻으려고 온갖 노력을 하여 자리를 잡은 뒤 그것을 놓칠까봐 전전긍긍한다. 물론 정정당당하게 노력하여 그 자리를 얻었으면 자리를 지키기 위해 성실히 노력하는 것을 비난할 필요는 없다. 하지만 지연, 학연, 혈연, 아부, 뇌물 등 온갖 불의한 수단 방법을 다 동원하여 악착같이 그 자리를 차지하거나 그보다 더 높이 오르려고 안간힘을 쓰는 사람들이 많다는 것이 문제다. 이런 사람들은 자신들의 사적 이익을 최우선으로 생각하기에 결국 국가나 사회에 커다란 손해를 끼칠 수밖에 없음이 불을 보듯 뻔한 일이다.

오늘도 여느 날과 다름없이 출근하여 내 자리에 앉는다. 내 자리라고는 하지만 이 자리도 영원한 내 것이 아니다. 세월이 지나면 누군가가 나를 대신하여 이 자리에 앉아 있을 것이다. 언젠가는 반드시 물러나야 하기에 자리에 대한 애착을 갖게 되나 보다.

스스로 못난 사람일수록 자리에 집착한다. 동료들이 자신을 사람이 아닌 자리로 대하고 있음을 알기라도 하는 걸까. 그와 반대로 인덕이 있는 사람들은 자리에 초연하다. 사람들이 자신을 그 자체로 대할 뿐이고 자리란 그로 인해 생겨난 '덤'으로 생각하기 때문일 게다. 누군가에게 '사람'이 될지 '자리'가 될지 그것은 아마도 각자가 택할 일이 아닌가 싶다.

목욕탕을 나오며 코끝으로 스며드는 삽상한 바람을 맞는다. 차갑지만 오히려 머릿속이 맑아진다. 무릇 사람이 앉았다 가는 자리도 저 바람처럼 잠시 머물다 흔적 없이 가야 하리.

광안리 블루스

통금시간이 지나자마자 나는 바다를 향해 냅다 달렸다. 무
언가 가슴을 압박하며 숨통을 조여왔다. 숨이 잘 쉬어지지 않아
죽을 것만 같았다. 바다를 보고 싶었다. 꿈을 펼쳐보려 했지만,
철벽같이 버티고 선 세상이 너무 원망스럽고 무서웠다.

바다는 달빛을 받아 유난히 반짝였다. 아니 오히려 낮보다도
더 강렬한 빛이 스포트라이트가 되어 해안선을 따라 움직였다.
파도는 저 먼 곳으로부터 서서히 물이랑을 부풀리고 푸르스
름한 잿빛의 등성이를 한껏 높이다가 뒤집어져 쏟아지는 폭포
처럼 하얀 포말로 무너져 내렸다. 기세를 몰아 백사장 끝 해
안가에 밀어닥치고서야 화를 풀고 질주를 멈추었다. 어디선가
날아온 작은 새들이 물가에 내려앉아 하얗게 부서지는 파도를
따라 종종걸음을 치다가 다시 파도가 밀려들면 일제히 날아
오르기를 반복했다.

막혔던 숨이 다시 내쉬어졌다. 긴 호흡으로 숨을 들이마시고 다시 숨을 내뱉었다. 처음 맞닥뜨린 차갑고도 단단한 세상의 벽이 조금씩 허물어지는 것 같았다. 아무것도 내 뜻대로 되는 것이 없었던 그때, 내 나이 18세 청춘이었고 지상에서 본 가장 황홀하고 찬란했던 광안리의 새벽을 나는 아직도 가슴 속에 품고 산다.

내 문학의 모태는 바다였다. 아버지가 직장 퇴직 후 몇 번의 사업을 시도했지만 번번이 실패한 뒤, 식구들의 입에 풀칠할 정도의 돈만 여기저기서 긁어모아 정착한 곳이 바로 이곳 광안리다. 광안廣安! 넓고 편안한 해수욕장. 수영강에서 내려오는 맑고 깨끗한 물이 해변에 고운 모래언덕을 쌓아 올려 넓게 백사장을 이룬 곳. 광안리 해수욕장은 젊음과 낭만이 숨 쉬는 대표적 여름 공간이다. 일출의 장엄함에서부터 젊음이 분출하는 한낮의 해수욕장, 그윽한 일몰과 광안대교의 환상적인 조합은 최고의 풍경을 자랑한다. 이곳에 오면 분명 모르는 사람인데 이상하게도 사람들이 낯이 익은 듯한 것은 내 착각일까.

조그만 농어촌 마을이었던 이곳에서 나는 어린 시절을 보냈다. 가끔 백사장에 큰 고깃배가 들어와 그물을 털고 갈 때가 있었다. 동네 사람들은 그물이 해변가에 내려지면 백사장으로 길게 끌고 가서는 잡힌 물고기들을 그물 중앙으로 몰아주었다. 사람들의 대열에 끼어 그물을 당기고 방금 뭍에 오른 물고기의 파닥거림이 그물 잡은 손을 통해 온몸으로 감지되면 나도 모르게 심장이 두근거렸다. 그물을 털어낸 배들이 다시 먼 바다로 떠나가고, 나는 들통 속에 물고기를 가득 담아 신나게 집으로 돌아오곤 했다.

정월 대보름날 아침, 광안리 해수욕장은 앞바다에 동백꽃 수천만 송이가 일제히 피어난 듯 그 광경이 이채로웠다. 용왕제를 지낸 사람들이 제물로 던진 사과가 물에 둥둥 떠올라 마치 꽃을 뿌려놓은 듯 바다가 붉게 물들곤 했다. 그날은 오곡밥을 먹고 부럼을 깨며 아이들도 귀밝이술을 마시는 특혜를 누렸다. 또, 저마다의 소망을 적은 연을 날리고 달집을 태우며 한 해의 나쁜 일들이 모두 타서 사라지고 복이 들어오기를 기원했었다.

여름이 되면, 바다를 좋아했던 나는 해수욕장이 개장하기도 전에 바닷가에 나와 해수욕을 즐겨 했다. 나와 함께 이른 해수욕을 함께 한 친구들은 아무도 들키지 않았었는데 유독 햇볕에 잘 타는 피부를 가졌던 나만 들켜 선생님께 혼이 난 적도 많았다. 한여름에는 수영금지구역까지 헤엄쳐나가 돌섬 근처까지 갔었다. 함께 놀던 아이들은 저 먼 곳에 떨어져 있고, 큰바위 근처에서 놀다가 소용돌이 물살에 휩쓸렸는데 아무리 벗어나려 해도 작은 몸은 블랙홀 속으로 빨려 들어갔다. 그나마 명이 길었던지 내가 빠른 물살에 허우적대는 것을 발견한 낚시꾼 아저씨의 눈에 띄어 극적인 순간에 도움을 받아 생명을 부지할 수 있었다.

광안리는 본래 해수욕장이 아닌 멸치 등 고기잡이를 하던 어촌이었는데 일제 강점기 때에 이르러 여름방학이 될 무렵,

학교에서 학생들에게 수영을 가르치고 심신을 단련시키기 위한 공간으로 사용되었다고 한다. 이후에 송도와 해운대에 몰리던 해수욕객들이 광안리에도 모여들기 시작했고, 점차 다른 지역에서도 피서객들이 모여들자 1950년대에 해수욕장으로 정식 개장한다. 특히 바로 옆에 있던 수영해수욕장이 수영 비행장 공사 등으로 점차 작아지면서, 광안리 해수욕장이 커지기 시작한다. 1970년대를 기점으로 수영구가 개발되면서 인구가 몰려들자 광안리는 접근성이 좋은 주택가 주변의 해수욕장이 되어갔다. 그러다가 본격적으로 광안리가 현재의 모습으로 변화하게 된 계기가 바로 간척사업이다. 광안리 간척사업 과정에서 남천동에 있던 중골산을 없애고 여기서 얻은 흙으로 남천동과 민락동에 간척사업을 시작했다. 오래되고 낙후된 횟집이 가득했던 어촌을 없앤 후에 현대적 어항과 민락회센터, 민락회촌, 민락회타운의 부지를 확보하고 80년대를 거쳐 90년대 초반에 이르러서는 현대적 수산시설의 확보를 완료한다. 이 과정에서 지금 광안리해수욕장의 명소인 민락수변공원도 완성된다.

광안리 해수욕장의 가치를 크게 높인 것은 광안대교의 건설이 큰 몫을 했다. 1995년부터 시작된 광안대교 공사가 2003년 개통되자 이전에는 음식점들을 중심으로 한 지역민의 공간에서 전국구 해수욕장으로 크게 성장하게 된다. 광안대교가 생기기 전에는 한적한 도시의 작은 해수욕장이었을 뿐인데, 바다를 가로지르는 다리 하나가 놓여지니, 여기서 부산바다축제, 세계적인 불꽃축제가 열리고, 수많은 영화인들이 앞다투어 광안대교에서 촬영을 하기 시작했다. 부산에서 영화를 찍는다고 하면 광안대교의 촬영장면이 꼭 들어가야 할 정도로 인기촬영지가 되었다. 윤제균 감독, 설경구 · 하지원 주연의 영화 '해운대'에서 시민들이 지진해일을 피하기 위해 고군분투하는 모습도 이곳 광안대교에서 촬영했다. 곽경택 감독, 장동건 · 이정재 주연의 영화 '태풍'에서는 거친 자동차 추격장면을, 이현승 감독, 송강호 · 신세경 주연의 '푸른 소금'에서는 극중 인물들이 드라이브하는 장면 등이 촬영되었고, '무적자' '부산', '박수건달', '간첩' 등 수많은 영화들이 광안대교를 영화 속에 다양하게 녹여냈다.

2004년엔 국민 게임으로 불린 스타크래프트 E스포츠 역사상 가장 많은 관중이 부산 광안리 해수욕장에 운집했있고 해마다 꾸준히 행사를 열어 게임마니아들의 열렬한 참여와 관심으로 이순신 장군의 '부산포해전'을 방불케 한다고 하여 일명 '광안리해전'이라는 말이 생겨날 정도였다.

국내 해양 건축 구조물 중 자연과 가장 조화로운 아름다움을 자랑하는 광안대교는 천혜의 자연미와 도시적 건축미의 합체, 자연과 인공의 콜라보레이션이다. 도로 총길이 7.4km에 폭 18.25m, 왕복 8차선에 복층 구조의 현수교량인 광안대교는 밤이 되면 영롱하게 반짝이는 다이아몬드 브리지로 변신한다. 어두워진 밤의 광안리는 형형색색의 간판과 네온사인, 매초마다 색을 바꾸는 광안대교의 조명까지 합쳐져 마치 검은 양탄자 위에 보석을 흩뿌려 놓은 듯 낭만적인 분위기를 자아낸다.

십여 년 전만 해도 나는 항상 해운대에서 광안대교를 타고 대연동으로 출근을 했었다. 직장 동료들에게 자칭 '물 위를 달리는 여자'라며 너스레를 떨었고 바다 위로 시원스레 쭉 뻗은 대로를 달리며 상쾌한 바닷바람을 폐부 깊숙이 들이켜 내속에 든 묵은 감정이나 찌꺼기 같은 생각들을 날려버리기도 했다. 이곳에 광안대교가 놓이지 않았다면 언감생심 이런 일상을 꿈이라도 꿔 볼 수 있었을까.

광안리를 친구처럼 끼고 살다가 타지방으로 발령이 나서 좀처럼 바다 구경을 하기 어려웠던 적이 있다. 객지에 와서 바뀐 환경에 쉽게 적응하지 못했고 새로 맡은 일이 힘들 때마다 향수병처럼 바다가 보고 싶었다. 하지만 가까운 곳에 바다는 없었다. 바다는 아니었지만, 집에서 한 시간 거리에 큰 호수가 있다는 말을 듣고 차를 몰아갔다. 그나마 넓은 호수가 답답한 속을 풀어주리라 생각하며 갔는데, 한 치의 흔들림도 없이 잔잔한 물 앞에 서고 보니 더더욱 가슴이 콱 막히는 것 같았다.

호수에 갇혀있는 물은 내게 어떤 교감도 전해주지 못했다. 나는 항상 바다와 멀리 있을 때 더 깊이 바다에 젖어 들곤 했다. 일어서는 물너울 속에서 야성의 흰 이빨을 드러내며 으르렁거리던 파도가 해변에 토해 놓는 불가사리, 성게, 미역 같은 바다의 살점들이 그날따라 몹시도 그리웠다.

뒷날, 갑자기 휴가를 내고 몇 시간을 달려 해 질 녘에 광안리 바다에 닿았다. 바다는 커다란 불덩이를 삼키고 있었다. 그 앞에선 세상의 어떤 모순도, 누구의 잘못도 모두 용서가 될 것 같았다.

황홀한 낙조를 바라보며 대자연의 장엄함과 신비로움에 가슴이 먹먹해진다. 이제껏 바다 옆에서 살아왔기에 바다가 없는 삶을 상상조차 할 수 없다. 모든 강이 바다로 흘러 들어가지만 바다는 결코 가득 차서 넘치지는 않는다. 바다는 내가 얼마나 작은 존재인지를 깨닫게 하고 내 삶 전체를 먼발치에서 바라보게 만든다. 분위기 있는 블루스 리듬처럼 바다가 들어와 누운 그 자리, 눈을 감고 있어도 철썩이는 파도소리를 듣는다.

갈마도서관에 두고 온 것들

이사하면서 갈마도서관에 몇 가지 물건을 두고 왔다. 두고 온 것이라 해봐야 매일 들고 다니기 힘들어 구석진 곳에 놓고 다닌 책 몇 권과, 나무의자의 딱딱함을 조금은 잊게 해 준 작은 방석 하나, 운동화를 벗고 갈아 신었던 슬리퍼 두 짝이 고작이다. 하지만 어쩌다 KTX를 타고 대전 쪽을 지나게 되면 한사코 그것들이 머릿속에 떠오르는 것이다.

십오여 년 전, 사무관 임용고시를 앞두고 석 달 남짓 매일같이 그 도서관을 드나들었다. 평일에도 사람들이 많아 일찍 가지 않으면 자리 잡기가 힘들었다. 모두 나처럼 어떤 목표를 갖고 그것을 이룰 때까지 한 자리를 고수하며 열람실에 죽치고 앉아 있었다. 아예 공부할 책 전부를 커다란 비닐백에 넣어 열람실 한 곳에 비치해두고 몸만 왔다 갔다 하는 사람도 있었다. 짊어진 삶의 무게만큼 짓눌린 그가 읽어내야 할 두꺼운 책은 스무 권이 훨씬 넘는 듯했다.

본래 부산이었던 직장이 대전으로 옮겨가면서 주말부부 생활을 꽤 오래 하게 되었다. 그즈음 아들이 고등학교에 입학하고 3년 터울인 딸아이가 중학교에 입학했다. 식품유통사업을 하던 남편은 서른 개가 넘는 거래처로 날마다 새벽 배달을 해야 했기에 누구보다 먼저 일어나 집을 나섰다. 아들은 아침 자율학습을 하느라 일찍 등교하는 바람에 아침잠 많은 딸아이를 깨워줄 가족이 없어 항상 마음에 걸렸다.

오전 아홉 시를 넘기면 내가 대전에서 근무하는 줄도 모르고, 담임선생님은 딸아이가 아직 등교하지 않았으니 빨리 깨워 보내 달라는 전화를 수시로 했다. 한두 번도 아니고 일주일에 서너 번씩 그런 전화를 받다 보면 막막해진 가슴 한쪽이 조금씩 허물어지는 것 같았다. 아무리 직장이 중요하다지만 이게 대체 뭣 하는 짓인가 싶었다. 대전에 살면서 부산에 있는 딸아이의 등교를 아침마다 챙겨야 하는 일은 만만치 않았다.

아이를 낳으면 어떻게 키우겠다는 확고한 계획이 있었고 포부도 컸었지만, 같은 공간에 함께 있지 못하는 일상이 자꾸만 딸아이와의 관계를 멀어지게 했다. 자기 주장이 강했던 딸은 사춘기에 접어들자 말수가 부쩍 줄어들었고, 무엇에 심사가 뒤틀렸는지 화난 얼굴로 제 방에 들어가면 몇 시간 동안이나 문을 걸어 잠그곤 했다. 맞벌이하느라 아이를 혼자 두는 시간이 너무 길었던 게 화근이었을까.

이유를 알 수 없는 분노와 적개심을 품은 눈초리로 나를 쏘아

볼 때는 차마 딸아이의 눈을 바라볼 수가 없었다. 별 것 아닌 말에도 공격적인 표현들을 서슴지 않고 내뱉을 때마다 저 아이가 내 뱃속에서 열 달을 품어 낳은 내 자식이 맞나 싶을 정도였다. 폭풍이 몰아치듯 감정이 소용돌이치며 돌발행동이 빈번했던 시기에 너무 답답한 나머지 강압적으로 대하다 보면 더 큰 문제들을 일으켰다. 매번 살얼음판을 걷듯 조마조마하고 시한폭탄을 옆에 두고 사는 듯한 날들이 계속되었다. 엄마가 가는 곳이면 어디든 치맛자락을 붙들고 졸졸 따라다녔던 어린 시절을 내 아이는 기억조차 하지 못하는 것일까.

참다못해 남편과 마주 앉아 딸아이 문제를 의논했다. 결석과 지각을 밥 먹듯 하다 보니 이대로 가다간 학교 수업일수를 채울 수가 없어 유급될 상황이었다. 내가 직장을 그만둘까도 여러 번 생각했었다. 하지만 그러기엔 이미 벌여놓은 일들을 수습하기 어려웠고 갚아야 할 빚들이 많이 남아 있었다. 당시 상황으로는 자녀를 돌봐야 할 부모가 제 역할을 할 수 없으니 극단의 대책이라도 써야만 했다. 하나밖에 없는 집을 처분해 아이 둘을 외국에 유학 보내자고 했다. 처음엔 안된다며 손사래를 치던 남편도 내 의견에 따르기로 했다. 그 전부터 잘 아는 교회 집사님이 중국의 서안(시안)과 한국을 오가며 유학생을 모집한다는 말을 들어왔다. 집사님의 자녀들도 중국에서 함께 공부하고 있었기에 적잖이 안심되었다. 우리 아이들만 좋다고 하면 더는 미룰 것이 없었다. 아직 세상 물정 모르는 철부지였던 딸은 그렇게 쫓겨가듯 제 오빠와 타국으로 떠나게 되었다.

갈마도서관에서 공부하는 동안에도 내 맘은 늘 딸아이에게 가 있었다. 감기몸살로 콧물, 기침을 달고 지냈고 뼛속 깊이 파고드는 목과 허리통증은 수시로 내 몸을 갉아 먹는 듯했다. 약을 먹으면 잠이 와 공부할 시간을 놓칠까 봐 감기약도 한번 지어 먹지 않았었다. 갈마도서관은 아침 7시에 문을 열고 밤 11시에 불을 껐다. 도서관에서 돌아오면 인터넷 강의를 들으며 새벽 3시까지 못다 한 공부를 했고 아침 6시에 일어나 다시 도서관으로 발길을 재촉했다. 그때는 오로지 임용고시를 단번에 합격하여 타국에 있는 아이들을 하루빨리 한국에 데려오고 싶은 마음뿐이었다.

우여곡절을 겪고 그해에 바로 임용고시에 합격했지만, 기쁨도 삼시였다. 내가 원하던 부산 쪽에는 자리가 없어 대전보다 더 먼 곳으로 발령이 나 버렸기 때문이다. 동료 몇 명의 도움으로 강원도까지 짐을 옮기면서 마치 내가 귀양살이가는 대역죄인이라도 된듯싶었다. 달리는 차 창으로 보이는 삭막한 겨울 풍경 속, 벌거벗은 나뭇가지들이 자꾸만 파도처럼 일렁여서 안경을 고쳐 쓰는 척하며 눈물을 훔쳤지만, 내 삶은 온전히 내 것이 아니라는 배신감이 자꾸만 들었다.

어느 주말에 딸아이가 머무는 기숙사 카운터에 전화를 하니 중국말을 하는 젊은 여자가 전화를 받았다. "니하오!", 내가 할 수 있는 중국말은 그것이 다였다. 노트에 깨알같이 적어놓은 방 번호를 띄엄띄엄 읽어주며 서툰 영어로 딸아이를 바꿔 달라고 했다. 내 전화를 받으려고 5층에서 숨이 차도록 계단을 뛰어 내려왔는지 그 어린 것이 수화기 속에서 갑자기 튀어나와 "엄마"라고 외칠 때, 사뭇 떨렸던 음성이 내 가슴을 사정없이 뒤흔들었다. 힘든 일은 없느냐고 물었다. 재미있게 공부하고 있으니 걱정하지 않아도 된다며 나를 안심시켜주었다. 문득 딸아이가 네 살 정도 되었을 때의 기억들이 머릿속을 재빨리 스쳐 지나갔다.

아이들이 어렸을 땐 분양받은 아파트 중도금을 붓느라고 도심에 있던 번듯한 전셋집에서 계속 변두리 쪽의 월셋집으로 옮겨 다녔다. 잔금 치를 날이 다가오자 급기야는 슬레이트 지붕 아래 월셋집으로 들어갔다. 한여름에는 실내 공기가 뜨거워 숨이 턱턱 막혔고, 한겨울엔 웃풍이 심해 방안에서 솜이불을 덮고 있는데도 한기가 들었다. 늦은 퇴근 후 어린이집에서 눈 칫밥을 먹고 있던 딸아이를 데려왔다. 언제나 어린이집에 가장 먼저 등원하여 가장 늦은 시간까지 머물러 있는 아이가 우리 딸아이였다. 그날도 외부기온은 몹시 차가웠다. 하루의 피곤을 풀어 볼 여유도 없이 붉은 고무대야에 미지근한 물을 붓고, 좁은 부엌에서 네 살배기 아이를 씻겨 방으로 먼저 들어가게 했다. 아이가 벗어놓은 옷을 주물러 빠는 동안 시간이 제법 지체되었다. 옷을 널고 방안에 들어가보니 딸아이가 오들오들 떨고 있었다. 한쪽에 차곡차곡 개켜놓은 수건들 중에 제 맘에 드는 색깔을 고르느라 그랬는지 수건들이 온통 방바닥에 흩어져 있었다. 가뜩이나 피곤한데 또 일거리를 만들었구나 싶어 딸아이의 엉덩이를 몇 대 때렸다. 아이는 서럽게 울었다. 엄마가 힘들까 봐 저 스스로 수건을 찾아 닦으려고 했는데 쌓아놓은 수건이 와르르 쏟아졌다는 것이다. 그 추운 겨울에 아이가 얼마나 힘들었을지, 젖은 몸을 닦아주고 새 옷을 입혀준 뒤 다른 일을 했어도 좋았을 것을…

그날 딸아이를 부둥켜안고 눈이 퉁퉁 붓도록 함께 울다가 잠이 들었었다.

타국에 있는 딸아이는 애써 밝은 웃음소리를 내었지만, 왠지 모르게 그 웃음은 가운데가 텅 비어 있었다. 자세히 귀 기울이니 흐느끼는 것 같기도 했다. 총알이 빗발치듯 날아드는 전쟁터, 어느 삭막한 벌판에 어린 딸아이를 버리고 나만 살겠다고 멀리 도망쳐 온 것 같았다.

갈마도서관에 두고 온 것은 두꺼운 책 몇 권, 얇은 방석 하나, 가벼운 슬리퍼 두 짝만은 아니었다. 누구보다도 치열하게 살았던 과거의 시간들, 단 한 순간도 놓을 수 없었던 삶의 열정과 쓰라린 상처조차 그곳에 고스란히 놓고 왔다. 누구나 할 것 없이 인생에서 부여받은 역할에 충실하다 보면 어느새 '나'의 형상은 흐릿해지고 만다. 갈마도서관이 어떻게 변했는지 알 수 없지만 언젠가는 그곳에 가서 내가 놓고 온 것들을 가져와야겠다고 마음을 먹는 일은 관계에 휩쓸려 잃어버렸던 나를 찾는 시간, 삶의 길 어딘가에 두고 온 어느 날의 나에게 건네는 소박한 위로일지도 모른다.

어쩌면 너무 오래 방문하지 않아, 놓고 온 물건들을 도서관

측에서 모두 폐기해버렸을 수도 있다. 꼭 한번은 갈 것이라는 마음만 먹고 있을 뿐, 아직까지도 찾아오지 못한 것들이 그곳에 온전히 그대로 있으리라는 내 생각은 허황된 믿음일까.

꿈을 꾸면 먼 곳으로 기차를 타고 가서 어딘가를 서성이는 나를 발견하곤 한다. 눈발 날리는 신작로를 헤매고, 쓰레기 늘린 시장 바닥을 기웃대는 내 눈은 붉게 충혈되어 있다. 과거에 놓고 온 것을 거기서 찾으려고...

이 세상에 오기 전, 나는 저 세상 끝에다 어떤 것들을 놓고 왔는지도 모른다. 어쩌면 저 세상에 가서도 이 세상에 버리고 간 것들을 찾겠다고 다시 저잣거리를 헤매고 다닐는지도 모를 일이다.

사소한, 그러나 너무 소중한

신입 여직원이 무언가를 잃어버렸나 보다. 앉았던 의자를 밀어내고 사무실 바닥 여기저기를 샅샅이 훑는다. 무얼 찾느냐고 물어보니 실수로 렌즈를 바닥에 떨어뜨렸다고 한다. 모두가 하던 일을 멈추고, 잃어버린 렌즈 한쪽을 찾기 위해 사무실 바닥을 탐색한다. 한참 뒤에 동료 하나가 손을 번쩍 들어 올리며 "찾았어요." 하며 감격에 겨운 환호성을 지른다. 졸지에 눈을 잃고 어찌할 바를 모르던 신입 여직원이 그제야 환한 미소를 띤다. 생선 비늘만큼 한 렌즈 하나를 찾은 기쁨이, 콜럼버스가 찾은 신대륙의 크기보다 더했으면 더했지 덜하진 않은 듯하다.

무언가를 잃어버렸을 때 겪는 곤란함의 크기는 잃어버린 물건의 크기에 반비례하는 것 같다. 대체로 크기가 작은 물건을 잃어버렸을 때가 그렇다. 정말 소중한 것은 다른 것들과 섞여 있을 때는 눈에 잘 띄지 않는다. 하지만 그것이 사라지는 순간, 우리 삶의 방향마저 흔들릴 수도 있다. 나는 익숙함에 속아 소중함을 잊어버릴 때가 많았다. 그러고 보면 사소한 것과 소중한 것은 처음부터 나누어져 있지 않았던가 보다.

계속 선두를 달리며 42.195km 완주를 불과 얼마 남기지 않은 마라토너가 갑자기 멈춰서자 기자 한 사람이 물었다.

"잘 달리다가 왜 갑자기 포기하시나요? 무엇이 당신을 힘들게 했나요?

더운 날씨? 높고 가파른 언덕? 그것이 아니면…?"

그 질문에 마라토너는 가쁜 숨을 몰아쉬며 대답했다.

"반환점을 막 지났을 때 운동화 안으로 들어온 작은 모래알 하나요."

아주 사소한 것이 우승을 앞둔 마라토너를 멈추게 하듯, 내 삶에도 이런 일들은 허다하다.

공모전에 낼 원고의 제출 마감일이 바로 코 앞인데, 며칠 전까지 잘 쓰고 있던 노트북이 말썽을 부렸다. 자판의 'ㅅ' 글자 키가 제대로 작동하지 않는 것이다. 처음엔 대수롭지 않게 생각하며 원고를 작성해갔지만, 의외로 그 글자의 키를 눌러야 할 때가 많았다. 글자 키 중에 단 하나가 고장 났을 뿐인데, 그 불편함은 세상의 모든 까칠함을 다 쏟아부은 듯 성가시고 힘들었다. 'ㅅ'자로 시작하는 단어가 들어가야 할 문장인데 그 단어를 쓸 수가 없으니 일부러 그와 유사한 다른 단어를 끌어와서 문장에다 집어넣었다. 하지만 대체할 수 있는 단어도 한계가 있고, 억지로 끼워 맞춰 놓으니 남의 옷 얻어 입은 듯 문장 전체가 어색하기 짝이 없었다. 엄청난 분량의 글을 쓰며 내 손가락의 지문이 다 닳도록 그렇게 숱한 날들을 함께 했지만, 단 한 번도 글자 키의 소중함에 대해 생각해 본 적이 없었던 것 같다.

고장 난 글자 키의 기능을 되살려보려 했지만 내 실력으론 어림 반 푼어치도 없었다. 마감 날짜는 내일이고 오늘 밤까지 는 쓰다 만 글을 무슨 수를 써서라도 마무리해야 하는데 이런 낭패가 있나. 하루의 반 토막을 뚝 잘라 오로지 한 가지에만 집중했던 시간과 노력도 무용지물. 결국 '시옷' 일병 소생 작 전은 실패로 끝나고 말았다. 패전 소식을 전해 들은 아들이, 자기가 쓰던 신형 노트북을 안고 우리 집으로 잽싸게 달려와 주었기에 그나마 머릿속에 남은 생각들을 잃지 않고 정리할 수 있었다. 그 용병의 도움이 없었더라면 아마도 엄청난 전투 력의 손실을 가져올 힘든 전쟁을 계속 치렀을 것이다.

가끔 기차나 시외버스를 타고 차창에 팔을 괴었을 때, 팔꿈치 위치가 딱 알맞은 자리에 편안하게 자리 잡으면 그것이 무어 그리 대단한 일이라고 쾌재를 외친다. 별것 아닌 것 같아도 긴 여행을 즐기는 데는 이보다 더 안락한 장치가 없다. 만약 차창의 위치가 애매해서 팔꿈치 위치가 더 올라가거나 조금 내려가 있으면 그 긴 시간을 안절부절못하며 여행이 끝날 때 까지 불편함을 감수해야만 한다.

늦은 밤, 리포트를 작성하려고 책상 위의 작은 스탠드 조명

등을 켠다. 스위치 부분을 몇 번 부드럽게 터치하면 내가 원하는 만큼 적당한 조도로 어둠을 밝혀준다. 정신없이 바쁘게 살아온 한낮의 소란함과 알 수 없는 불안감들도 불이 켜지자 온데간데없이 사라진다. 거기에다 밤에 듣기 좋은 조용한 음악을 얹으면 그야말로 금상첨화다. 온화한 불빛과 감미로운 음악이, 지친 몸과 마음을 포근히 감싸며 마치 환상의 세계로 옮겨다 놓은 듯 나를 기쁘게 한다. 그 알맞음과 편안함이 주는 만족감이, 생각보다 큰 고통을 이겨내게 한다.

사소하지만 우리네 삶을 더욱 풍요롭고 흥미롭게 만들어주는 일상의 순간, 그때마다 느끼는 작은 떨림들, 이들이 만들어내는 삶의 에피소드는 무궁무진하다. 작다고, 볼품없다고 함부로 무시했다간 큰코다치는 수가 있다.

살아있는 지금, 무엇이 사소하고 무엇이 중요할까. 삶이 유한함을 깨닫게 되면 순간의 모습이 경이롭게 느껴진다. 더 늦기 전에, 그동안 사소하게 여겼던 소중한 사람들을 내 삶의 중심으로 옮겨놓으려 한다. 그들은, 고된 현실을 잠시 잊고 재충전하여 다시 이 팍팍한 현실을 살아가게 하는 힘이다. 오늘도 평소와 같은 날이 반복되는 것은, 삶을 이루는 사소한 것들이 일상을 견고하게 버텨주고 있기 때문이다. 나만 아는 사소한 일들이 결국 삶을 움직이게 하고, 그것들이 한데 모여 이 세상을 들었다 놨다 하는 게 아닐까.

선인장

모서리가 깨진 화분 하나가 아파트 경비실 옆 화단에 놓여 있었다. 며칠을 그냥 지나쳤는데 어느 날 그 화분에서 연초록 싹이 돋아나는 것을 보았다. 아파트 주민 누군가가 버린 것을 경비 아저씨가 볕 잘 드는 화단 옆으로 옮겨 둔 것 같았다. 깨진 화분 속 식물은 오래 버티지 못한다고 했다. 혹독했던 겨울 찬 서리를 맞고도 새 움을 틔우는 식물이 무엇인가 궁금해 가까이 가보니 손바닥만 한 선인장이었다. 아무도 관심을 두지 않지만 저 혼자 햇볕 쬐고 바람 맞고 비에 젖으며, 새싹을 피워낸 강인한 생명력에 그만 숙연해졌다.

주워 온 선인장을 다른 화분으로 옮기면서 뾰족한 가시에 손을 찔렸다. 나는 잘해주려고 한 것인데 선인장은 자신을 건드린 것에 반발하듯 내게 선전포고를 해왔다. 가시에 찔린 손가락이 아릿한 통증을 전할 때마다, 배신의 아이콘을 당장 갖다버리고픈 갈등이 일었다. 이역만리 타국에 건너와 살 거라면 벌 나비와 이웃하며 꽃이나 자주 피울 일이지, 온몸에 독 오른 바늘을 꽂고 삼엄한 경계령을 내릴 게 뭐람. 제 몸을 분할하는 아픔까지 감수하며 새끼치기를 강행한다는 걸 듣고는 아주 독한 종족이겠거니 했다. 선인장 가시가 성가셔 물도 주지 않고 베란다 창가에 한동안 방치해 두었다.

볕 좋은 날, 다른 화초에 물을 주려다가 무심코 눈이 간 곳에 선인장 화분이 있었다. 그런데 그날 본 것은 내가 알던 그 선인장이 아니었다. 선인장은 아무도 몰래 세포 분열을 했었던 모양이다. 새끼 선인장들은 갓 태어난 토끼 귀처럼 어미 선인장의 머리끝에 앙증맞게 붙어있었다. 한 달 남짓 물 한 방울 준 적이 없는데 그 고통을 능히 이겨내다니. 그때 알았다. 내가 베푼 지나친 친절과 배려가 누군가에게는 커다란 부담이 될 수도 있다는 것을.

온몸을 덮은 가시가 타인을 공격하기 위한 무장이 아니라, 살아남기 위한 몸부림이었다는 걸, 광염으로부터 관속을 타고 흐르는 수액의 증발을 막기 위해 넓은 잎 대신 뾰족한 가시를 키웠다는 걸 안 후부터 선인장에 애착이 갔다.

'신선의 손바닥'이라는 뜻의 선인장仙人掌은 '신선의 손길로 세상 모든 사람을 어루만져 준다'는 거룩함이 묻어있다. 어릴 적 날카로운 것에 손을 베면, 어머니는 집에 키우던 선인장 한 귀퉁이를 잘라 그 속에서 나온 끈적한 액을 상처난 곳에 듬뿍 발라주셨다. 신기하게도 철철 흐르던 피가 곧바로 지혈이 되곤 했다.

선인장이 아름다운 것은 가시 때문이 아니라 가시에 꽃을 피우기 때문이다. 그것도 가장 굵고 긴 가시에 꽃을 피운다. 가능한 한 수분 증발을 막기 위해 선인장은 넓은 잎을 가시로 만들었다. 잎이 가시가 되기까지 선인장은 그 얼마나 힘들었을까. 더군다나 가시 자리에 꽃을 피우려면 어떤 선인장은 십 년 이상 인고의 세월을 견뎌야 한다. 무질서 속 질서라 할 가시의 배열, 어느 순간 갑자기 꽃을 피워낼 때 지구가 돌고 역사가 움직인다. 가시 끝에 피어난 선인장꽃은 아무리 생각해도 비현실적이다. 어찌 보면 일과 가정의 행복한 균형을 위해 여러 몫을 짊어진 나의 현실, 생존하기 위해 강인한 본성을 키워 온 여자의 모습과 많이 닮았다.

십여 년 전, 부산에 가족을 두고 급작스레 발령받은 강원도의 직장까지 주말마다 오가며 내가 쏟은 눈물이 얼마였던가. 일주일의 공백을 하루에 모두 채우기란 역부족이었다. 궁색한 살림살이 밀쳐두고 다시 직장으로 출발하려고 하면 어린 막내딸은 내 치맛자락을 붙들고 "엄마, 벌써 가야 해? 좀 더 있으면 안 돼?"하며 눈물을 글썽였다. 그 여린 몸을 한 번이라도 꼭 안아주었더라면 지금 이렇게 가슴이 미어지게 아프진 않을 텐데. 막내에게 눈물을 보이지 않으려고 돌아서서 "자꾸 이러면 엄마 다시는 안 와."라고 마음에 없는 소리를 했다. 어린 것이 잠시라도 엄마와 함께 더 있고 싶은 마음을 표현했을 뿐인데 조막같은 손을 매정하게 뿌리치며 차에 올랐던 못난 어미의 모습이 주마등처럼 스쳐 간다. 그때 내가 뱉어 낸 모진 언어들과 세찬 몸짓들은 막내의 가슴에 날카로운 가시로 박혀 아직도 뽑아내지 못하고 있는 것은 아닐까. 인생 모든 게 잠깐인 것을, 그리 모질게 살지 않아도 되었는데 얼마나 부귀영화를 누리겠다고 아등바등 살아왔는지. 흐르는 물은 늘 그 자리에 있지 않다는 것을 왜 나만 모르고 살았을까. 부끄러운 자화상이 가시 잔뜩 품은 선인장에 겹친다.

선인장 꽃은 화려하지도 요란하지도 않다. 난향처럼 향기가 있는 듯 없는 듯 은근하고 그윽하다. 선인장 꽃이 다른 꽃보다 더 귀하고 아름다운 이유는 그 꽃이 고통과 절망의 가시를 승화시킨 인고의 꽃이고, 향기 또한 인고의 결과로 얻어진 향이기 때문이리라.

선인장은 극한의 상황에서 치열하게 자신의 가치를 내면에 지키고 있다가 불현듯 환한 등불을 달고 폭발하듯 꽃을 피운다. 누구도 꿈꾼 적 없는 삶의 판타지를 품은 그 자태가 경이롭고 장엄하다. 마치 미래를 예단할 수 없는 인간의 생生처럼.

이 세상의 꽃이 아닌 것 같은 선인장이 알큰한 숨결을 내뿜는다. 오늘 밤 뜬 달처럼 신생해 보이기도 하고 우주의 소행성 같기도 하다. 풍성한 둔부를 드러낸 자태는 후덕한 여인네 같다가, 어미 몸에 새끼들까지 통통하게 달라붙어 있는 걸 보면 순박한 짐승 같기도 하다.

이제 나는 내 삶이 온통 고통의 가시로 이루어져 있다고 해도, 그 가시가 실패와 절망의 가시로 다시 돋아난다고 해도 크게 원망할 생각은 없다. 나도 언젠가는 선인장처럼 가시가 난 자리에 꽃을 피울 수 있다고 생각하면 삶이 좀 느긋해지고 편안해진다. 가시가 되는 준비 과정이 없었다면 선인장이 그토록 아름다운 꽃을 피울 수 없듯이, 인생이라는 사막에서 살아나려면 나도 고통의 가시로 다시 돋아나야 한다.

누군가가 말했다. 성공이라는 글자를 현미경으로 들여다보면 그 속에는 수없이 작은 실패가 개미처럼 무수히 기어 다닌다는 것을.

여섯 줄의 자서전

    우편함 위에 제법 부피가 큰 서류봉투 하나가 놓여 있다. 누런 봉투에서 내용물을 꺼내고 보니 평소 잘 알고 지내던 분의 자서전이었다. 등단 후 어쭙잖은 글이나마 문학전문지 몇 군데에 싣다보니 문인들의 출판물이 수시로 배달되어 온다. 한 달 정도면 그동안 받은 책들이 서고 한 칸을 다 채울 만큼 불어난다. 그 중 책이 두꺼운 자서전은 책꽂이의 빈 공간을 채우는데 일등공신이다.

    굳이 문인이 아니더라도 각계각층에서 자서전을 내는 사람들이 부쩍 늘어난 것 같다. 한 사람의 인생을 되돌아보면 소중하고 아름다운 순간들도 많고 기억하고 싶지 않은 고통의 순간들도 있었을 것이다. 자신의 출생부터 유년시절의 기억, 고난과 역경의 과정을 거쳐 지금 현재의 자신의 모습이 있기까지, 한 생애를 고스란히 담아놓은 자서전을 써서 사랑하는 사람들에게 전해준다면 그보다 더 소중한 유산도 없을 것 같다.

그러나, 누군가에게는 그렇게 소중한 유산이 될 자서전을 절반도 읽지 못하고 덮어버렸던 적이 있다. 지나친 자기 과시와 집안 자랑으로 거부감이 왔다. 자기 자신에게는 그것이 대단하고 특별한 일인지는 몰라도, 읽는 이에게는 별 감흥을 주지 못하는 그저 그렇고 그런 이야기들이었기 때문이다. 이런 이야기들을 아까운 돈을 들여 굳이 책으로까지 엮어냈어야 했을까.

자서전을 쓴다는 것은 일기를 쓰는 것과는 사뭇 다르다. 하루하루의 삶의 기록이 아닌, 내 인생 전반에 대한 곱씹음과 반추, 그리고 유년의 기억 속에 투영된 미래가 고스란히 담겨야 할 것이라 생각하기에 더 깊이 생각하고 더욱 신중하게 고민한 흔적이 보였으면 했던 것이다. 자서전을 한 권으로 끝내지 않고 발행연도를 달리하여 상·중·하 세 권으로 엮어내는 사람들도 간혹 보았다. 책 공해란 바로 이런 것이로구나 하고 느낄 때가 많다.

자기 만족과 명예욕에 불타오르는 사람의 귀에 어떤 말이 제대로 들릴까마는 단 여섯 줄로 자서전을 남긴 이가 있으니 그가 바로 공자였다.

吾十有五而志于學,
三十而立,
四十而不惑,
五十而知天命,

六十而耳順,

七十而從心所欲 不逾矩.

"15세에 학문에 뜻을 두었고, 30세에 예를 알아 스스로 섰다. 40세에 더 이상 미혹되지 않았으며, 50세에 하늘의 명을 알았다. 60세에 무슨 소리를 듣든지 거슬리지 않았고, 70세에 마음먹은 대로 해도 규범에 어긋남이 없었다."

공자는 '논어' 위정편에 역사상 가장 짧은 자서전을 남겼다. 이 여섯 줄의 문장으로 인생을 정리함과 동시에 사람들에게 '완전한 인간의 생애'를 보여준 것이다. 유년기에는 학업에 힘쓰고 성장 후 자립해서 더 이상 흔들리지 않는 인격을 갖추면 자신이 가야 할 길을 발견하고, 마음 내키는 대로 살아도 세상의 이치에서 어긋남이 없는 경지를 사람의 나이와 결부시켰다. 마치 흘러가는 강물이 언젠가 거대한 바다를 만나듯 인간의 육체적·정신적 성장 방향을 핵심적이면서 간결하게 표현했다.

15세에 학문에 뜻을 둔 성현보다 훨씬 더 이른 여덟 살에 나는 가방을 매고 학교를 다녔으니 반은 못 따라가도 공자의 발꿈치에라도 닿아 있어야 했다. 서른 즈음에는 세상의 모든 것들이 정돈될 줄 알았는데 그렇지 않았다. 마흔에는 불안과 무질서함에 몹시도 당황스러웠고 오십 줄 끝에 선 지금도 하늘의 뜻을 깨닫기는 커녕 바로 옆사람의 마음조차 읽어내지 못한다. 아직 오지 않은 육십이 되면 귀가 순해지고 사람들의 뜻에 순응할 수 있을까. 그 이후엔 또 어떤 삶을 살게 될까.

단 여섯 줄로 축약된 공자의 자서전을 보고 깨달음이 크다. 말이 길어지면 길어질수록 제대로 살지 못한 삶의 구차한 변명 같아 보일 듯하다. 공자가 자서전을 쓴 나이에 내가 자서전을 쓰게 된다면 과연 어떤 내용의 글을 담게 될까. 과거와 현재의 이력이 남에게 내놓을 만큼 특별한 것이 있을까.

뛰어난 업적을 남기지는 못하더라도 남들이 걸어온 길을 따라 걷는 평범한 삶이 아닌, 나를 위한 치열한 삶을 나이 오십 끝줄에 다시 택해볼까 싶다. 세상에서 하나밖에 없는 내 삶의 역사를 기록하고 써야 할 것 같다. 누군가에게 보여주기 위해 쓰여지는 것이 아니라 진정한 나를 찾아가는 길을 열어야 할 것 같다.

오늘날 세계는 공자가 살던 당시처럼 여전히 사회·문화는 변화 가운데 있으며 새로운 가치관이 생겼다 사라지기를 반복하고 있다. 전통과 옛 현인을 공부해야 하는 이유도 바로 여기에 있다. 공자가 전하는 인생의 높고 깊은 경지는 여전히 우리에게 벼락 같은 울림을 전한다.

해방기념산

내가 아주 어렸을 때 어머니는 바닷가에 나가 바윗돌 틈새에서 우뭇가사리, 파래, 미역 같은 해초를 채취하여 저녁 반찬을 마련하곤 하셨다. 지금 수변공원이 있던 곳은 낮은 야산이었는데 일명 '해방기념산'이라고 불렀었다. 그곳엔 자신이 이 나라를 해방시킬 대통령이라며 움막을 짓고 사는 할아버지 한 분이 계셨다. 움막 주변엔 알 수 없는 한자가 쓰인 기다란 띠 같은 수백 장의 한지 종이가 어지럽게 매달려 있었다. 학식은 높은 분이었던 것으로 생각되었지만 정신은 맑지 못했던 것같다. 해방대통령은 우리가 움막 근처로 다가가면 험악한 표정으로 큰 소리를 내며 쫓아내곤 했다.

어머니가 해초나 작은 고동을 따는 동안 나는 해방기념산을 돌며 지천에 핀 야생화를 꺾었던 기억이 난다. 가끔은 바다에서 주워 온 커다란 소라고동 껍질에 귀를 기울여보기도 했다. 소라고동을 귀에 대면 파도소리가 "솨르륵"하고 모래톱에 닿는 소리가 났다. 어쩌면 귓속을 통과하며 웅웅거리는 바람소리 같기도 했다. 이제는 해방기념산에 살던 해방대통령 할아버지도, 어린 동생을 강보에 싸서 뉘어놓고 작은 돌섬에서 거북손을 따던 어머니도 생전의 모습을 뵐 수 없지만, 바다는 늘 거기 그대로 있었다.

바다는 일시에 밀려온다. 알몸같은 해일로 갑작스레 덮쳐오지만 거대한 혓바닥은 말을 남기지 못하고 모래톱에 거품으로 뒹굴다 제 모습을 거두어간다. 바다가 밀려올 때는 온몸을 던져 제 육신을 산산이 부수고 온다. 가슴 속에 응어리진 한이라도 있었던 것일까. 내가 바다를 닮은 것인가, 아니면 바다가 나를 닮은 것인가. 저 사나운 바다가 달려올 때면 나도 어쩔 수 없이 뒷걸음칠 수밖에.

누구나 마음속에 파도 철썩이는 바다 하나쯤 품고 살지 싶다. 조가비와 파도의 사랑이 질퍽하게 녹아든 백사장에 새들의 발자국이 상형문자처럼 새겨진다. 지루한 일상을 벗어나기 위해 바다를 만나러 간다. 스스로 억센 파도로 다스리면서 제 몸을 맵고 모진 매로 채찍질하는 바다를 보면 남에게는 엄격하지만 자신에게만은 관대했던 내가 부끄러워진다. 깊고 짙푸른 바다처럼 세상을 감싸고 끌어안으며 온전히 받아들일 수는 없을까.

4부

공룡편의점

"엄마, 난 대학 안 갈래."

둘째 아이가 대학을 가지 않겠다고 선언한 순간, 내 속에선 분명 심장이 "쿵"하며 떨어지는 소리가 들렸다. 하마터면 손에 든 음료수병을 바닥에 떨어뜨릴 뻔했다. 어릴 때부터 워낙 돌발적인 행동을 많이 해왔기에 늘 촉을 세우고 있긴 했었지만, 드디어 올 것이 왔구나 싶었다.

요즘은 명문대학 나와 봐야 별 볼 일 없으니 그냥 네가 하고 싶은 일을 하라고 했지만, 솔직히 마음속엔 네가 하고 싶은 일을 하기 위해서라도 좋은 대학을 가야한다고 윽박지르고 싶었다. 자식이 좋은 대학을 나와 안정된 직장을 갖게 되길 바라는 것은 어느 부모나 마찬가지일 것이다.

직장의 보직 이동이 잦은 엄마 탓에 울며 겨자 먹기로 부모 곁을 떠나 중학교부터 타국에서 혼자 공부해야만 했던 아이는 항상 어디로 튈지 모르는 럭비공 같았다. 하지만 낯선 곳에서 부모 없이 지낸 시간이 오래여서 어떤 문제가 생겨도 혼자 해결하려는 노력만은 가상했다.

둘이 가까운 공원을 산책하다 목이 말라 근처 편의점에 들렀었다. 거기서 딸아이는 폭탄발언을 한 것이다. 당황한 기색을 보이지 않으려고 놀란 가슴을 억누르며, 왜 대학을 가지 않으려는지 조심스레 물었다. 아이의 대답은 단호했다. 자신은 편의점에 진열된 물건이 되고 싶지 않다는 거였다. 대학과 편의점이 뭔 상관이냐며 핀잔을 주고 싶었지만 꾹 참았다. 적어도 내가 믿는 합리적인 사고를 가진 부모 입장에서의 조언을 늘어놓을 준비를 단단히 했다. 하지만 아이의 이야기를 듣다보니 준비해 둔 내 속의 생각들은 이미 고려장 시대에 함께 묻혔어야 할 낡은 유산에 불과했다. 아직 어린 줄만 알았는데 세상을 바라보는 눈이 신중하고 진지했다.

초등학교 때부터 고등학교 때까지, 정해진 답을 요구하는 시험을 치르느라 그 아까운 시간과 노력을 투자한 것이 너무 아깝다고 했다. 이유를 생각하지도 않고 이렇게 끝도 없이 이미 기성세대들이 정해놓은 답을 쫓아가기 위해 친구들과 경쟁하는 것도 의미가 없다고 했다. 누구나 똑같이 대학을 나와야 하고 남들이 하는 대로 기본적인 것은 다 배워서 비슷한 조건을 맞춰나가는 것은 마치 공장에서 찍어내는 상품과 다를 바 없다는 논리였다.

모두가 하는 대로 똑같이 우리들은 그 전철을 밟아온 게 사실이다. 최소한 인간답게 살기 위해, 보편적으로 정답이라고 생각하는 그럴듯한 직업을 얻기 위해, 우린 끝없이 공부했고 남과의 경쟁에 휘둘렸었다. 어쩌면 이 사회는 아주 지능적으로 우리들을 고정적인 틀에 맞추어 살도록 강요하고 있었던 것인지도 모르겠다.

편의점에 들어서면 일반 마트와는 다른 몇 가지가 느껴진다. 아주 간결한 대화로 매매가 이뤄지는 손님과 알바생, 그리고 상품들이 일렬종대로 정갈하게 잘 정리된 모습은 아무렇게나 매대에 내팽개쳐져 있는 다른 가게의 모습과는 확연히 다르다. 더군다나 그곳은 우편 택배를 보낼 수도 있고 축소된 은행의 기능도 누리며 최근엔 치안, 복지센터의 기능을 넘어 긴급한 의료센터의 역할까지 하고 있다. 24시간 열려있다는 강점을 이용해 전국 구석구석에서 다양한 형태로 그 입지를 넓혀나가고 있는 거대한 공룡의 집. 편의점의 온갖 혜택과 안락함에 길들여진 우리는 일회용품의 위험성과 휴식 없는 소비문화를 자각하지 못한 채, 오늘도 그곳이 내 집인 양 수시로 드나들고 있다.

힘든 경쟁에서 친구를 제치고 대학에 들어간 많은 학생들이 한 번씩은 해 본다는 편의점 알바. 이곳 편의점도 방학을 맞아 단기 알바를 하는 대학생이 가게를 지키고 있는 듯한데 그냥 정해진 규칙에 따라 오는 고객을 맞이하고, 물건이 빠져나간 진열대에 다시 상품을 끼워 넣고, 바코드를 찍어서 계산하는 일들이 주로 하는 일들이다. 업무 난이도가 그다지 높아

보이지는 않는다. 가끔 현금이 많은 편의점을 털려고 잠입하는 강도들로 곤욕을 치루는 경우도 있겠지만 말이다.

고등학교를 졸업하고 서너 군데 입사시험을 치른 뒤 합격통보를 기다리던 동안, 전선공장에서 일해 본 적이 있다. 그 일이란 것이 하루 종일 기계에서 찍어낸 전선케이블을 정리하는 일인데 똑같은 작업을 반복하다보니 몸은 몸대로, 마음은 마음대로 골병이 들어 결국 보름도 못되어 뛰쳐나오고 말았다. 보수가 적은 편은 아니었다. 하지만 일을 하면 할수록 머릿속이 멍해졌고 내가 왜 이런 일을 하고 있는지 의아했다. 더 길게 이 일을 하다가는 정말 어떤 생각도 하지 못하는 바보가 되는 게 아닌가 싶었다. 그때 뼈저리게 느낀 것이 있다면 돈이 중요하다지만 돈은 이렇게 벌어서는 안 된다는 것이었다. 창의성을 배제당하고, 어떤 보람도 느끼지 못한 일자리는 아무리 많은 보수가 주어진다 해도 행복하지 않았다.

기성세대가 만들어놓은 거대한 틀인 이 사회는 젊은이들의 창의적인 생각보다는 정해진 답을 가장 빠르게 찾아내는 사람을 원하고, 그 틀에서 벗어난 사람은 달가워하지 않는 듯하다. 편의점 진열대에서 물건 하나가 팔려나가듯 한 사람이 소비되면 다른 사람으로 채워지고, 모두 정해진 규칙대로 똑같은 일을 해나간다. 모두가 불안정한 인생에서 앞사람이 걸어온 탄탄한 길을 걷고 거기서 정답을 찾고자 한다. 아무 생각 없이 따라가면 그럭저럭 먹고 살 수는 있기 때문일 게다. 그러기 위해서는 남들보다 나은 스펙이 필요하고, 좀 이름 있는 중소

기업이나 대기업에 취업하지 못하면 공무원 시험 합격이 보증수표다.

대학을 가지 않겠다는 딸아이의 주장은 그저 공부하기 싫어서, 남들과 경쟁하기 싫어서가 아니었다. 누구나 가지 않는 길이지만 자신이 하고 싶은 일을 하기 위해 그 분야에만 집중하고 싶고, 자신이 하고 싶은 일이 굳이 비싼 등록금을 지불하며 배우지 않아도 되는 일들이기에 대학을 가지 않겠다는 것이었다. 비겁하지만 아직도 남들이 가는 길을 그대로 답습하기를 바라는 엄마의 걱정과 달리 딸아이의 신념은 확고했다. 잘 산다는 것이 알량한 대학졸업장을 따는 데 있는 것이 아니라 어떤 생각을 하며, 어떤 마음가짐으로 세상을 살아가는가가 중요하다고 말해 온 내가, 딸아이의 말 한마디에 와르르 무너진다.

모든 사람이 제각각의 상품으로 진열되어 있는 거대한 편의점 같은 우리들의 사회. 그곳에서 인기 있는 제품은 불티나게 팔리지만, 인기가 없는 제품은 재고로 쌓여가다 기한이 지나면 결국 폐기 처분되는 서글픈 현실.

그것이 싫어 재빨리 거대한 공룡편의점을 나온 딸아이는 자신을 넘어서기 위한 차갑고도 완고한 뜀틀 앞에 서 있다. 삶이라는 무거운 주제를 놓고 혹시 실패할지도 모른다는 걱정과 뒤에서 지켜보는 외부인의 시선들이 몹시 부담스럽겠지만, 나는 딸아이가 자신감을 갖고 저 뜀틀을 무사히 뛰어넘어 누구보다 멋진 포즈로 세상에 당당히 착지하길 바랄 뿐이다.

귀신의 거울

나는 거울 속에 있고 귀신은 밖에 서 있다. 원래는 내가 밖에 있고 귀신이 거울 속에 있어야 했다. 우리는 초면이 아니다. 오래전에 떠난 귀신이 갑자기 불쑥 나타나서 내게 이렇게 말한다.

"정말 오랜만이야. 한 이십년 만인 것 같아."

이십 년 전, 그땐 내가 무얼 하고 있었나. 지난 기억을 이런 식으로 복구한다는 것은 결코 유쾌한 일은 아니다. 귀신의 형상을 한 그에게 내 몸은 철썩 붙었고, 과거에 떨쳐나갔던 아픈 상처들이 다시 들고 일어섰다.

이제껏 조용하다가 왜 지금 또 내 앞에 나타났는지 의아하다. 귀신을 만났지만 그 귀신의 정체를 정확히 모른다. 모른다는 말은 언어 질서를 부정한다는 것. 귀신은 언어 질서, 즉 말하자면 현실에 구멍이 뚫렸을 때, 혹은 현실에 구멍을 뚫고 나타난다.

분명한 것은 주파수를 맞추지 않으면 그는 내게 모습을 드러내지 않는다는 것. 슬픔이 귀신의 성품이니 내가 견딜 수 없는 슬픔 가운데 있으면 그를 볼 확률이 높아진다.

처음 그를 만났을 때 나는 제발 떠나 달라고 요청했다. 귀신은 내게 물었다. 자신이 떠나도 괜찮겠냐고. 나는 귀신에게 "괜찮다마다. 난 아무렇지도 않아."라고 말했다. 괜찮다고 말했지만, 사실은 괜찮지 않았다. 그때는 세상에 널린 술을 다 들이켜도 취할 것 같지 않았다. 하늘에 성냥불 한번 댕기지 못하고 공회전하다 멈춘 연소불량의 하루였거나, 다들 달려가는데 나 혼자만 기어가는 것 같은 일상이 계속되었다. 사람이 죽으면 정신과 육체가 모두 사라진다고 한다. 그러나 육체가 아닌 정신은 사람의 육체 속에 깃들어 있어 사람의 생각을 다스리다가 육체가 사라질 때 정신, 즉 죽은 이의 혼이 육체肉體를 떠나지 못하고 남아있는 상태를 말한다.

귀신이 나였고 내가 귀신이었기 때문에 그가 떠나면 나는 죽은 것이나 다름없었다.

귀신은 어느 순간 홀연히 떠났고(그건 나만 죽이고 저만 살기 위해서지만) 그때 떠난 귀신이 지금에 다시 돌아온 것이다. 내 존재의 근거가 귀신이라는 것이 정말 이해가 되지 않는다. 피차 같이 사는 게 피곤한 일이지만 될 수 있으면 서로의 비위를 건드리지 말고 사이좋게 지내야만 한다.

거울 바깥에 선 그녀가 나를 빤히 쳐다본다. 이십 년 전 그때 내게 질문한 것처럼 그녀는 또 내게 묻는다.

"지금은 괜찮은 거니?"

나는 즉답을 피했다. 내가 괜찮은지 어떤지 그녀가 떠난 뒤로 내게 한 번도 관심을 갖지 않아서 지금 내가 정말 괜찮은 건지 생각을 좀 더 해 보아야 했다.

가끔 내 몸을 빠져나간 귀신은 어디서 무엇을 하고 다니는지 밤이 깊어져서야 들어왔다. 지금껏 어딜 쏘다니다 왔냐고 물으면, 들판에 서서 노을 덮인 하늘과 함께 저물다 왔다거나, 우물에 빠진 달을 건지러 갔다 왔다느니 하며 시덥잖은 변명을 늘어놓곤 했다. 어떨 땐 그 귀신이 내게 목을 보여주지 않아 화들짝 놀랄 때도 있었다. 목이 잘려나간 귀신은 표정을 알 수가 없어 그의 상태를 가늠하기 힘들었다. 하지만 그 다음 날은 어찌어찌해서 달아난 목을 또 붙여 왔다. 밝은 얼굴이든 어두운 얼굴이든 상대방의 표정을 볼 수 있다는 것은 그나마 다행스런 일이다. 목 달아난 귀신처럼 좀체로 자신의 표정을 드러내지 않는 사람들이 주변에 늘려있다. 그가 어떤 기분일지, 무슨 생각을 품고 있는지 도무지 알수가 없다. 어쩌면 귀신은 내게 자신의 감정을 들키고 싶지 않았던 것인지도 모른다.

오래전엔 귀신과 시선을 맞추는 것이 몹시 두려웠다. 자신을 본 사람의 목을 잘라버린다는 학교 괴담 속 귀신은 길가에 나붙은 모든 포스터, 인형, 조각상 등 머리가 달려있는 그림과 장식들에게서 머리를 거두어 간다고 했다. 가급적 귀신과는 눈을 마주치지 않으려 애를 썼다.

그런데 이제는 귀신과 눈을 마주쳐도 그저 담담할 뿐이다. 아이러니하게도 요즘은 주객이 전도되어 목을 숨기고 온 귀신에게 어찌 된 일이냐고 다그쳐 묻기까지 한다. 이 멍청한 귀신은 자신의 목을 어디다 떼놓고 왔는지 기억이 나지 않는다고 대답한다. 사람들에게 제 얼굴을 보여주는 것이 두려운 걸까. 귀신에게도 무서운 것이 있나.

산 사람들의 꿈에서 사는 귀신들은 산 사람들의 몸을 빌어 먹고, 마시고, 웃고, 떠든다. 해괴망측한 눈을 그리고 입술을 짙게 바른 채 거리를 활보하며 노래하고 춤춘다.

어쩌 꼭 하는 짓이 나랑 많이 닮았다. 섬뜩한 감정 중의 하나지만 귀신의 형상을 통해 나의 미래를 본다. 아직 다가오지 않은 미지의 미래가 현재의 삶을 간섭하거나 방해할 수도 있겠다. 하지만 미래의 나는 미리 나타난 귀신의 모습을 통해 내 모습을 미리 앞당겨 보기도 하는 것이라서 그것이 마냥 부정적인 것만은 아니다. 현재의 나와 미래의 나는 같을 수도 다를 수도 있다. 하지만 미래를 미리 볼 수 있다면 최대한 나의 현재적 의무를 성실하게 수행하여 후회하지 않는 삶을 살 수도 있다. 미래가 후회하는 과거는 다름아닌 '현재'의 순간이며 현재를 대충대충 살다보면 행복한 미래란 보장 받을 수 없을 것이다. 나는 저 귀신이 과거에서 생겨난 존재라 생각했지만 실상은 미래에서 날아온 존재였다. 그를 통해 현재의 나를 바로 잡고 황금빛 가득한 미래의 가능성을 타진함은 어떤가.

누구든 예외없이 태어나면 죽는다. 살아있는 동안은 한 점

부끄럼없이 투명하게 살고 싶으나 그것이 말처럼 쉽지 않다. 적당히 정의롭고 적당히 불의한 스스로의 삶의 수고와 애처로움에 대해 깊은 연민과 격려의 말을 건넬 수밖에 없다. 남들에겐 곧잘 적용하는 삶의 기준을 나 자신과 가족들에겐 적용하기 어려울 때가 많다. 내가 거울이기 이전에 저 귀신의 정체는 무엇이었을까. 내가 비추고 있는 존재는 정말 실체가 있는 것일까. 어쩌면 내가 나라고 믿는 것은 거울 속에 비친 가짜의 모습일 뿐.

어린 아이는 생후 6개월에서 18개월 사이에 거울에 비친 자신의 모습을 보고 그것을 자신이라고 믿는다. 그 이전까지는 자신의 손을 직접 보고도 그것이 자신의 손인 줄 알아차리지 못한다. 자신의 손과 얼굴, 다리를 자신의 몸으로 생각하는 것이 자신의 신체를 직접 보아서가 아닌 거울 속에 비친 자신의 모습을 통해서라는 사실은 의미심장하다. 그런데 우리는 그 타자를 자신과 동일시함으로써 최초로 자신의 몸에 대한 주인이 되는 것이다. 도대체 내가 거울인가? 거울 속에 비친 저 여인이 나인가?

오늘도 제 뜻대로 되는 일이 없다며 어깃장을 놓는 거울 밖에 선 여인. 어디 허름한 주점에 끌고 가서 쓴 소주 한 잔이라도 따라주고 싶은 가련한 존재, 가끔은 그녀와 나의 형상이 한 소실점에서 겹쳐졌다 가뭇 사라지기도 한다.

그 겨울 바다에 다시 서다

곧 태풍이 들이닥칠 거라는 일기예보에도 아버지는 바다로 나가셨다. 매서운 비바람에 폐타이어를 얹어 붙들어 맨 지붕이 날아가고, 횟집 간판도 속절없이 강풍에 떨어져 나뒹굴었다. 지상에 가지런히 정돈된 질서가 마뜩잖은지 하늘엔 이따금 섬광이 번뜩였다. 혼비백산한 갈매기들은 어디론가 종적을 감추었고, 선착장엔 어부들의 생존 여부를 알지 못하는 가족들이 나와 발을 동동 구르고 있었다.

우리 삼 남매는 어머니와 함께 방파제 쪽에 서 있었다. 먼 곳으로부터 온 거대한 파도는 야생의 거친 짐승이 난동을 부리듯, 하얀 포말을 갈기처럼 일으켜 세우며 득달같이 해변으로 달겨들었다.

아버지는 어느 섬을 돌고 계실까. 어머니의 한숨 같은 물안개가 눈앞의 바위섬을 뒤덮었지만, 나는 아버지가 무사히 돌아올 것을 믿었다. 눈이 빠질 듯이 바다를 응시하며 기다리다가 배 한 척이 들어오면 모두가 그쪽으로 달려갔다. 나도 혹시나 아버지일까 싶어 몇 번이나 배 근처로 달려 갔지만 번번이 허탈함을 안고 제자리로 돌아오곤 했다.

희망이 절망으로 바뀔 즈음, 기적처럼 선착장을 향해 아버지의 작은 배가 들어오고 있었다. 아버지가 배를 타고 나가서 돌아오길 이렇게 간절히 바란 적은 없었다.

비 오는 날, 아버지는 그물을 집으로 싣고 와, 벽에 쳐놓은 대못에 걸고 구멍 난 곳을 꿰매곤 하셨다. 단칸방에 다락 하나가 전부였던 우리 집은 아버지가 계실 때와 나가셨을 때의 분위기가 사뭇 달랐다. 근엄하고 차가운 아버지의 표정은 항상 우리를 움찔하게 했다. 그래서 어린 마음에, 아버지가 바다에 나가서 아주 오랫동안 집에 돌아오지 않았으면 하고 생각했을 때도 있었다. 과묵한 아버지가 어쩌다 기침이라도 하실 때면, 여태껏 가지고 놀던 장난감 차를 박스 안에 넣어 정리하고, 방바닥에 던져서 놀던 공기놀이도 멈추었다. 알아서 눈치껏 책을 가져다 읽거나, 잘 풀리지 않던 나눗셈 문제에 시간을 보내며 시장에 간 어머니가 빨리 돌아오시길 기다리곤 했다.

높고 단단한 벽을 마주한 듯 답답하고 완고했던 아버지가, 오늘 선착장에 나온 우리들을 발견하고는 애써 웃음을 지으셨다. 그뿐만 아니라 우리 삼 남매를 한꺼번에 끌어안고서 급기야는 눈물을 보이기까지 하셨다. 젖은 머리칼과 옷은 마구 흐트러져 있었고, 얼굴과 온몸은 상처를 입어 성한 곳이 없었다.

어머니는 거의 실신하다시피 한 아버지를 부축하여 선착장 한쪽 어구를 쌓아둔 곳에 기대게 하고 해변 가게에서 빌려온 두꺼운 담요를 덮어드렸다. 얼마나 허기가 심했던지, 어머니가 급히 싸 온 한 양푼이 분량의 주먹밥 덩이를 허겁지겁 삼키듯 했던 아버지는 수전증 환자처럼 자꾸 손을 떨었다. 저 풍랑을 헤치고 살아 돌아오기 위해 얼마나 몸부림을 쳤을지, 피투성이가 된 얼굴과 팔다리의 상처만 보아도 짐작이 갔다.

아버지의 배는 바다 한가운데서 거센 풍랑을 만나 방향을 잃었다 했다. 높은 파도에 롤러코스터를 타듯 배가 몇 번이나 뒤집힐 뻔한 위기가 있었지만, 그때마다 용케도 잘 견뎌냈다고 한다. 가족의 생계가 달린 그물을 그냥 두고 올 수 없어 요동치는 배의 흔들림에도 아버지는 그물을 절대 놓지 않았다고 했다. 그러다 그만 발을 헛디뎌 바다에 빠졌고, 미처 끌어올리지 못한 그물이 몸에 감겨서 옴짝달싹할 수가 없었다고 한다. 모든 걸 포기하고 싶었던 그 순간 가족들의 얼굴이 떠올랐고, 바지 주머니에 차고 있던 작은 칼로 그물을 끊어낸 뒤 사력을 다해 배에 올라탔다고 했다.

아버지는 그렇게 살아 돌아온 뒤, 세상을 바라보는 시선이 완전히 달라졌다. 그날 이후 우리들은 한사코 바다로 나가는 것을 말렸지만, 아버지는 칠순이 지날 때까지도 소금기에 절어 습하고 끈끈한 바다를 떠나지 않았다. 왜 그렇게도 억척스럽게 사셨을까. 지금 생각해보면 아버지의 어깨에 진 삶의 무게가 태풍의 위력보다 더했었고, 폭우보다 더 많은 눈물을 우리 몰래 흘렸었기에 그 암울한 죽음의 바다에서 살아오시지 않았을까 싶다.

투망은 언제나 새벽이 좋다시며 바다를 주름잡았던 사나이. 난파선에서 끌어올린 금은보화처럼, 투망에 걸려 튀어 오르는 고기떼들은 햇살을 받아 반짝였다. 무거운 그물을 들춰 맨 아버지의 오른쪽 어깨가 너무 많이 기울어져 있었고, 하루 벌어 하루를 살아야 하는 삶이 때때로 어깃장을 놓을 때는 한 모금 담배 연기로 시름을 날려야 했을 게다.

한두 푼씩 모아 제법 살이 통통하게 찐 돼지저금통을 털어 동네 만화방에 갖다 주고는, 밤이 이슥하도록 만화 삼매경에 빠졌던 나를 기어코 찾아낸 아버지는 종아리에 피멍이 들도록 매질을 하셨다. 울다 잠이 든 내게, 때린 것이 미안하셨던지 안티푸라민을 종아리에 듬뿍 발라 문질러주셨는데, 그때 내 다리 위로 이슬방울 같은 차가운 것이 떨어져서 흠칫 놀랐던 기억이 난다. 아버지는 내가 밀쳐낸 이불을 끌어다 어깨까지 덮어주시고는 새벽 바다에 다시 나가셨다. 잠결이었지만 아버지의 눈시울이 흠뻑 젖어 있었음을 어렴풋이 느낄 수 있었다.

날개를 단 세월은, 어느덧 나를 중년의 어디쯤에 옮겨다 놓았다. 어느 날, 전화선을 통한 어머니의 비명 같은 울부짖음이 내 머릿속을 관통하듯 지나갔다. 아버지는 바다 위에 더 이상 배를 띄울 수 없었다. 내 몸속의 깜깜한 허공, 내 자리 어딘가에서 서서히 내가 빠져나간 빈자리에 기억은 멈춰 서 있었다.

그랬었다. 내 속에도 바다가 있었다. 그 바다로 인해 내가 지금껏 출렁일 수 있었던 게다. 폭풍우 치는 밤바다처럼, 참을 수 없는 소용돌이로 솟구치고 싶을 때도 있었고, 너울성 파도의 가슴팍에 그냥 엎드려 무모하게 부서지고 싶은 때도 많았다. 하지만 절망을 되씹으며 훗날을 기다릴 수 있었던 것도, 세상의 거대한 벽에 부딪히고 쓰러져도 다시 일어설 수 있었던 것도 아버지처럼 내가 그 바다를 등지지 않아서였다.

중환자실의 한 생生은 이승과 저승의 경계를 몇 번이나 넘나들었다. 맥박과 심장의 뜀박질이 서서히 그 속도를 늦추고, 영상화면 속 그래프의 지그재그 선을 끝까지 따라가서 마지막 한 점이 소실될 때까지 막내는 병원에 도착하지 않았다.

한낮의 소란과 너덜너덜한 삶의 누더기를 잠시 내려두고, 아버지가 버리고 간 겨울 바다에 섰다. 가난하지만 부지런한 바닷가 사람들은 이른 새벽에 불을 켠다. 따뜻한 피돌기를 하는 선창의 불빛들은 새벽녘 공복의 허기마저 메워줄 수 있을 것 같다. 어부의 투망에 걸린 몇 마리 물고기의 파닥임이 나의 의식을 흔들어 깨운다. 울컥, 가슴팍을 파고드는 애절한 유행가 가락이 뱃전에 가 닿고 아버지가 끝끝내 뱉어내지 못한 생전의 언어들은 저 낡은 닻에 걸려 서서히 녹슬고 있다.

밀려왔다 밀려가는 파도에 생겨나고 지워지는 해안선처럼 이승과 저승의 경계가 허물어지는 내 기억 저편, 해송이 흔들리는 풍경 속에는 늘 비릿한 바다냄새가 났다.

들풀의 비명

막내가 대여섯 살 되던 해, 지인의 농장에 조그만 땅을 빌어 채소를 키웠었다. 열 평 남짓한 텃밭에 심은 푸성귀들은 잘 자랐다. 약을 치지 않으려고 일일이 잡초를 뽑다가 무심코 낚아챈 풀에 손을 베였다. 비명을 지르며 손가락을 살펴보니 제법 깊게 베인 상처에서 붉은 피가 흘러내렸다. 옆에서 낫으로 풀을 베던 농장주가 다가와 황급히 지혈을 했다. 농막에서 소독약과 일회용 밴드를 가져와 상처가 덧나지 않도록 응급처치도 해주었다.

낫에 잘린 풀더미에서 향기가 난다. 내가 흘린 피 대신, 그들은 풀향기를 들판에 내지른다. 풀들도 치명적인 상처를 입었다. 풀에 베인 손가락이 아파 내가 비명을 지를 때, 낫에 베인 풀들은 비명을 지르는 대신, 초록 향기를 발산하여 상처를 드러내었던 게다.

풀이 내뿜는 향기는 그냥 만들어지는 것은 아닐 것이다. 그들은 흙탕물을 뒤집어쓰며 폭우와 싸우고, 태풍을 맞으며, 찬서리를 온몸으로 견뎌 내었다. 아무도 보살피지 않는 거친 들판에서 누군가의 억센 발에 짓밟혀도 파드득파드득 구겨진 잎을 펴는 들풀. 그러나 풀은 그 아픔을 말하지 않는다. 그저 조용하게 미소지으며 상큼한 향기로 우리를 감싸준다. 상처받으면 모두가 독기를 품고 분노할 것 같지만, 풀과 같이 향기로운 상처도 있다.

눈이 부시게 흰 종이에 손가락 끝을 베였던 적이 있다. 늘 쓰던 복사기 옆에 차곡히 정리해 둔 가벼운 종이 한 장이 살짝 손끝을 스쳐 간 것뿐인데, 그토록 쓰라리고 아플 줄 몰랐다. 우리 신체의 모든 부분이 아픔을 느끼지만, 손가락 끝부분이 극단적으로 민감한 곳이라 유독 손가락을 베이면 고통이 더 큰 것처럼 느끼게 된다고 한다. 가볍지만 결코 가볍지 않은 것. 상처는 크지 않았지만 손을 물에 넣을 때마다 쓰라림의 고통은 깊었다. 세상엔 그 어떤 것도 가벼운 것은 없는 것이라고, 내 맘대로 쉽게 다룰 수 있는 것은 하나도 없다고, 눈에 보이는 것만이 모두가 아니라고 되씹는다.

종이가 얇고 가볍게 만들어져 우리 곁에 오게 된 것은 펄프 성분을 가진 큰 나무들의 희생에 기인하였음을 자주 잊어버린다. 종이 생산을 위해 우리나라는 한 해에 30년생 나무 1억 그루를 밴다고 한다. 우리가 무분별하게 사용하고 있는 종이류가 참 많다. 복사용지, 일회용 종이컵, 상품 구매 후 발행하는 영수증 등 그 쓰임새가 무척 다양하다. 이렇듯 편리하고 다재다능한 종이들은 결국 지구의 허파라고 불리는 원시림, 그 숲을 파괴하고 얻은 것이다. 아무 생각 없이 종이를 낭비하며, 책상 위에 머그잔을 몇 개나 두고도 일회용 종이컵을 습관처럼 뽑아 썼던 내게 나무들은 일종의 경고라도 한 것일까.

베어진 풀이나 나무처럼 내 마음에도 상처의 흔적들이 있다. 몸의 상처는 세월이 가면 아물지만, 마음의 상처는 앙금이 되어 오래 남는다. 하지만 상처는 상처이기만 한 것이 아니었다. 내게 온 상처들은 나를 더욱 단단하게 다져주었고, 내 삶을 보다 폭넓고 진지하게 만들었다. 상처가 빨리 없어져야 한다거나, 또 다른 상처를 만들지 않기를 소망하지 않았다.

사실 마음은 정해진 한계가 없다. 아니, 내가 정하는 것이 곧 내 마음의 한계다. 나의 관심과 신념, 나의 의식이 태양처럼 뜨거워져 상처와 상처 준 이들을 다 태워버릴 정도로 강렬해지고, 비교도 되지 않도록 커져 버린다면 과거의 상처는 저절로 태워져 사라질 것이다. 블랙홀처럼 모든 상처를 삼켜버리고 아무 일 없다는 듯 살아가는 것이다. 상처를 삼킨다는 것은 상처와 상처 입은 나를 허용하고 허락하는 일이 아닐까. 상처의 존재를 그냥 허용하면 상처는 더 이상 상처가 아니게 된다. 상처를 치유하는 가장 강력한 해결책은 상처를 내 성장의 바탕으로 삼고 상처보다 더 커져 버리는 것, 상처를 품고 그 한계를 넘어서 버리는 것이다.

진짜 향나무는 자기를 찍는 도끼에 도리어 향기를 묻혀 준다.

향나무의 입장에서 본다면 도끼는 자기를 찍는 원수일 것이다. 그럼에도 향나무는 자신의 상처를 뒤로하고 원수의 몸에 아름다운 향을 묻혀 준다. 향나무에겐 상처를 준 상대방에 대한 원망은 없고 오로지 용서와 화해만 있을 뿐이다.

내가 상처를 입었다고 분노하여 세상을 향해 매연을 뿜어내면 남들만 상처를 받는 것이 아니라 내 호흡기도 해를 입게 된다. 결국 그 독기가 나에게 되돌아오게 되는 것이다. 상처와 분노를 향기로 내뿜어야 나도 향기로워질 수 있다. 저 들녘의 풀과 나무들처럼 제 살이 베이고 가지가 잘려나가도 비명 대신 깊은 향을 내뿜으며 의연하게 제자리를 지키고 일어서야 하리.

들풀이 세찬 바람에도 쓰러지지 않는 것은 곁에 있는 풀들끼리 서로의 손을 잡아주기 때문이다. 향기롭고 아름다운 세상은 그렇게 함께 만들어 가는 것이리라.

가지 않은 길

벽오동 잎새 지는 소리는 왜 이다지도 무심한지, 묻고 또다시 물어도 화두만 쌓여간다. 여행길, 하룻밤 신세 진 산장 테라스 탁자에 찻잔을 놓는다. 낯선 도시의 부드러운 햇살을 받으며, 향긋한 커피를 한 모금 머금는다. 어김없이 계절은 오고 가을이 가슴으로 건네는 낮은 음색의 목소리에 귀 기울여본다. 산장 건물을 살짝 비켜 눈길을 돌려보니 오솔길인 듯 작은 길 하나가 보인다. 무작정 그 길을 따라 걸으니 두 갈래의 길이 나온다. 문득 프로스트의 시 "가지 않은 길"이 떠오른다.

"숲 속에 두 갈래 길이 있었고, 나는 사람들이 덜 걸어간 길을 택했다. 그리고 그로 인해 모든 것이 달라졌다."

처음 이 시를 읽었을 땐, 인생에서 성공하는 비법은 남들이 가지 않은 길을 가야 하는 것이라는 생각을 했었다. 그러나 곧 생각이 바뀌었다. 이 시의 원본을 보면 그가 택한 길이나

가지 않은 길이나 "똑같이 아름답고", "발자취로 닳은 건, 두 길이 비슷"했으며 "그날 아침 두 길은 똑같이 아직 밟혀 더럽 혀지지 않은 낙엽에 묻혀있었다."라고 씌어 있다. 그가 갔던 길과 포기한 길, 두 길은 똑 같은 조건이었음을 짐작할 수 있다. 그럼에도 프로스트 자신은 왜 "사람들이 덜 걸은 길을 택했 다"고 했을까. 아마도 그는 자신이 걸어온 길보다 가지 않은 길에 대해 더 많은 미련이 있었을 게다. 그래서 스스로 택한 다른 길이 "사람들이 덜 걸은 길"이었다고 기억을 윤색하여 자신의 선택에 대해 자부심과 위안을 얻고자 하지 않았을까.

삶의 여정이 너무 힘들 때, 나 스스로에게 말을 건네기도 한다. 용기 내어 딱 한 발짝만 내디뎌보라고. 내가 선택한 길이 틀릴 수도 있지만 그게 두려워 한 발짝도 떼지 않으면 영영 아무 데도 못 가게 된다고.

가정형편이 어려워 일찍이 대학진학의 꿈을 접고 적성에 맞지 않는 실업계 고등학교에 진학했었다. 실기과목의 비중이 높은 첫 시험에서 도저히 부모님 앞에 내밀 수 없는 성적표를 받고는 심한 좌절감에 빠졌다. 남몰래 여러 번 자퇴를 생각하 기도 했다. 공부시간에 딴 짓을 하고 있는 내 모습을 열린 창 문으로 보셨는지 담임선생님은 교무실로 나를 부르셨다.

"학교생활이 많이 힘드냐? 지금 이 시간들은 네 삶의 목표를 향해 반드시 네가 밟고 올라야 할 계단의 하나라고 생각해보렴. 너의 앞날은 네 스스로 만들어 가는 거야."라며 용기를 주셨다.

선생님은 방학동안 시간을 내어 나와 같은 학습부진아를

위해 상과과목에 대한 특별수업을 자청하셨다. 잠시라도 게으름을 부렸다간 선생님의 매서운 회초리 맛을 보아야 했다. 그 덕분에 다음 학기부터는 성적이 훌쩍 뛰어올라 정상궤도에 오를 수 있었다.

흥미를 잃었던 학교생활에 잘 적응하게 된 것은 교내합창대회를 준비하면서였다. 악보도 잘 볼 줄 모르고 음감도 부족한 내게, 선생님은 무슨 생각에서 그리하셨는지 우리 반 합창단의 지휘봉을 넘겨주셨다. 지휘자로서의 책임감 때문에 밤잠을 설쳐가며 남몰래 악보와 씨름을 했다. 음악의 문외한인 나를 비웃으며 불협화음을 내던 반 아이들이 차츰 내가 지휘하는 동작에 따라 화음을 맞춰갔다. 덕분에 우리 반은 교내합창대회에서 대상을 수상하는 쾌거를 이루었고, 그때부터 내 별명은 "의지의 한국인"이 되었다.

선생님이 옆에 계시지 않았다면 내 삶은 어떻게 흘러갔을까. 꿈이 뭐냐고 물어보신 선생님께 시인이나 작가가 되고 싶다고 말했던 기억이 난다. 우여곡절 끝에 그 대답처럼 직장생활과 병행하여 작가의 길을 걷고 있지만, 그때 학습의욕을 잃고 나 스스로 포기하여 삶에 어깃장을 놓았더라면 오늘 나는 어떤 길을 걷고 있을까.

가끔 나 자신이 다른 사람이 앞서 간 길을 그냥 따라가고 있는 것은 아닌가 하는 생각이 들 때가 있다. 성공한 사람들은 청년시절에 어떤 선택을 통해 지금의 위치에 이르게 되었을까. 요즘 젊은이들 사이에 금수저와 흙수저 논란이 많은데 아무리 노력해도 나아지지 않은 상황이 젊은이들을 비관적으로 만들어 버린 게 아닌가 싶다. 열심히 일할 준비가 되어 있다면 대기업만 고집할 것이 아니라 성장 가능성이 높은 중소기업을 택하는 것도 가지 않은 길이 될 수 있을 것이다. 본인이 원하는 곳보다 자신을 원하는 곳이 어디인가를 생각해보는 것이 중요하다고 본다. 거기서 자신의 전문성을 살릴 수 있다면 흙수저라도 얼마든지 성공할 수 있다는 확신을 얻을 것이다. 나이드니 순발력은 떨어져도 세상을 보는 눈은 훨씬 현명해진 듯하다. 젊어서는 그것이 아니면 세상이 뒤집혀질 것 같아 보였는데 지나고 나니 별것도 아니었다. 인생여정에 수많은 길이 있고 그때마다 하나의 길만을 선택해야 된다면 심사숙고해서 결정함이 옳다. 선택의 기로에서 남의 눈을 지나치게 의식할 필요는 없다. 그 길이 내가 좋아하는 것이라면 가지 않은 다른 길에 대해 나중에라도 후회와 미련은 덜할 것이다.

아무도 가지 않은 길, 새 길을 열고 뚜벅뚜벅 걸어가는 한 사람이 있다. 그 모습이 어째 영판 내 뒤태를 닮은 것 같다.

그 남자의 넥타이

매듭 묶는 방법을 잊어버릴 때가 있었다. 아니, 차라리 영원히 기억나지 않았으면 하고 생각하는 적도 있었던 것 같다. 빳빳하게 날이 선 와이셔츠를 어깨에 덮고 그 위에 사형수의 목줄 같은 넥타이를 졸라 맨다.

오늘 하루는 기사회생을 꿈꾸어 보아도 좋을까. 직장 동료들에게 젊게 보이려고 남자는 붉은 색이나 푸른 넥타이를 매고 출근하는 날이 많았다. 하기야 양복이나 와이셔츠에 맞춰 넥타이를 선택한 사람은 그의 아내였으니, 넥타이의 색상은 자신의 취향이나 의지와는 무관했다.

그 남자의 아내는 가끔 마음이 짠했던지, 옷장 문 안쪽 가느다란 스텐 봉에 줄줄이 걸린 넥타이를 두 손으로 매만져 보곤 했다. 유행이 지나 구닥다리가 된 넥타이도 있었지만 함부로 버리지는 않았다.

남자는 하루에도 골백번 목을 조여 오는 넥타이를 풀어 던지고 싶었다. 하지만 그럴 때마다 식구들이 눈에 밟혔다. 투덜거리는 버스를 타고 서 있는 동안, 손잡이조차 멀찌감치 있어 중심을 못 잡고 흐느적대다가 지하철역에 당도하면 그때부터는 전력투구로 달려야 했다. 이번 지하철을 놓치면 지각이다. 직장 상사의 서늘하고 매서운 눈빛이 언뜻 뇌리를 스친다.

남자가 넥타이를 처음 맨 것은 17세기, 크로아티아에서였다고 한다. 전쟁터로 나가는 이의 무사기환을 기원하는 마음으로 아내가 남편의 목에 매어 준 것이 넥타이의 기원이라고나 할까. 어쩌면 전쟁에서 패하여 육신은 돌아오지 못하고 피 묻은 넥타이만 돌아와 아내의 두 손에 놓였을 수도 있었으리라.

17세기는 아니지만 남자들은 여전히 넥타이를 매고 싸우러 나간다. 싸움의 대상이 달라졌을 뿐, 남자들이 출정한 곳은 말이 직장이지 전쟁터와 다를 바가 없다. 남자들은 기억할 것이다. 넥타이를 처음 맨 날, 가슴을 펴고 어깨를 당당히 세우며 어떤 일이든 자신감으로 충만했던 젊은 날들을. 오늘은 또 어떤 분장을 한 어릿광대가 되어야 하나. 사무실의 공기는 수시로 온도와 색깔을 달리하며 넥타이보다 더 타이트하게 목을 조여 온다.

넥타이로 남편의 목을 단단히 졸라매어 직장에 먼저 내 보낸 뒤, 아내 또한 직장에 바삐 출근한다. 또 다른 남편들이 줄줄이 사탕처럼 목을 매고 사무실 의자에 굳은 표정으로 앉아 있다. 자꾸만 아래를 향해 기우는 머리통을 치켜세워 몸뚱이에 야무지게 묶는 일을 수십 년 동안 의식처럼 행해 왔을 넥타이 군단의 병사들. 이들은 언제쯤이나 이 살벌한 전쟁터에서 벗어날 수 있을까 하며 날마다 손가락을 꼽았을 게다. 탈영하고 픈 마음인들 오죽할까마는 그럴 때마다 아내의 푸념 섞인 잔소리와 한숨이 발목을 붙든다.

사내는 날마다 갈망한다. 이 갑갑한 목줄을 얼른 풀어버리고 자유롭게 훨훨 떠나고 싶다고. 사내가 위선과 비굴에 고개 숙이는 것도, 목울대까지 치밀어 오르는 격정과 울분을 참는 것도 넥타이가 바로 식솔들의 생명줄임을 알기 때문에 날마다 아내가 주는 무언의 압력을 뇌에 되새김질 하고 있는 것이다.

이 사내도 한 집안의 귀한 자식이었다. 부모님의 호위를 받으며 남 부러울 것 없이 승승장구했던 그가, 지금은 한 달 용돈이 부족해 점심값이 저렴한 식당을 찾고, 필요한 물건 하나를 구입하려해도 아내의 눈치를 봐야한다.

직장에서는 한없이 작아지는 아버지라는 이름의 사내는 집사람과 자식들에게만큼은 정당한 대우를 받고 싶다. 그 남자의 아버지 시대엔 가장이 돈만 벌어다주면 그만이었다. 하지만 요즘은 맞벌이가 대세라 퇴근 후엔 가사까지 분담해야 한다. 좀 쉬고 싶은 주말엔 가족의 나들이에 운전기사 노릇은 당연하고 쇼핑이라도 할라치면 짐꾼은 덤이다. 아내 기분 맞추랴, 아이들 뒷 꽁무니 따라다니랴 파김치가 되어 돌아와 잠시 소파에 몸을 던진다. 이제야 좀 쉴 수 있으려나 야구 중계 채널을 켜면 아내가 잽싸게 리모컨을 빼앗아 요즘 인기있는 주말 드라마 몰아보기로 화면을 바꾼다.

졸음이 와 잠시 눈을 붙이고 있는데, 바깥이 소란스러워 나갔다 온 아내가 "옆집에 신혼부부가 집을 사서 들어왔는데, 당신은 이 나이 먹도록 도대체 뭘 한거야? 지금 잠이 와?"라고 쏘아 붙인다. "이제껏 우리 식구들 잘 먹고 잘 살았으면 되었지 뭐가 그리 불만이야?"라고 말하면 아내의 반응은 어떨까. 그냥 입 다물고 딴 짓이나 하는 게 낫다.

바깥에서 열심히 돈 버느라 어느새 가족의 삶과는 멀어져 외딴 섬처럼 고립된 사내. 어떨 땐 내가 이 집의 가족 일원인가 묻고 싶을 때가 있다.

돈을 벌 수 있는 기간은 점점 단축되는데 수명은 길어지고 아이들 사교육비는 하늘까지 치솟는다. 가족을 위해서라면 구조조정과 계약직 전환을 결사 반대하는 데모대의 앞장에 서야한다. 밤 늦게까지 쓴 소주를 들이켜고 잠시 눈 붙이러 집에 들어왔다가 무언가에 쫓겨 새벽길을 서둘러 나선다.

지하철 안에서 이천 원짜리 생활용품을 파는 사내를 심심 찮게 만난다. 무릎 위에 물건을 놓고 가지만 무심한 사람들은 스마트폰에 홀려 그 사내가 올려놓은 물건은 거들떠보지도 않는다. 얼마나 많은 사람들의 무릎 위에 저 물건을 올려놓았다 거두기를 반복했을까. 힘겹게 발품 팔아 하루에 손에 쥐는

돈은 얼마나 될까. 물건을 사지 않아도 꼬박꼬박 인사는 잊지 않는다. 귀찮기만 했던 그도 어느 누군가의 남편이자 아버지일거라는 생각이 들었을 때, 그 남자는 그의 손에 이천 원을 쥐어주었다. 문득 돌아가신 아버지의 모습이 그의 얼굴위에 겹쳐졌다. 우리 아버지도 저랬을까. 처자식 먹여 살리느라 부끄러움도 자존심도 다 버리고 삶의 현장에서 저리 목청 높이며 뛰어다니셨을까.

어느 시인은 말했다. 아버지는 돌아가신 후에야 보고 싶은 사람이라고. 어느덧 직장 근처 지하철역에 닿은 넥타이를 맨 이 남자는 오늘 갑자기 아버지가 미칠 듯이 보고 싶다.

라디오를 크게 켜고

그땐 이런 조사를 왜 했을까. 담임선생님이 "집에 자가용 있는 사람, 전화, 전축, 텔레비전 있는 사람, 냉장고, 세탁기 있는 사람!"을 외치며 차례로 손들게 했을 때, 나는 어떤 항목에도 손을 들 수 없었지만 여러 번 손을 든 아이들이 그닥 부럽지 않았다.

초등학교때 우리 집에 있었던 유일한 가전제품은 트랜지스터라디오였다. 학교에서 돌아오면, 아버지가 선반 위쪽에 신주단지처럼 모셔놓은 라디오를 조심스레 내려놓고 내가 듣고 싶은 방송국의 주파수를 맞췄다. 주파수 간격이 너무 좁아 정확히 맞추기도 힘든데, 얼른 방송을 듣고 싶어 다이얼을 빨리 돌리다 보니 잡음이 날 때가 많았다. 마음을 가다듬고 천천히, 아주 조금씩 다이얼을 돌리다 보면 어느 지점에서 주파수가 딱 맞게 잡혀서 아나운서의 명쾌한 목소리가 들려왔다. 주파수만 잘 맞추면 이렇게 선명한 목소리를 들을 수 있는데, 어떤 때는 귀찮아서, 신경 쓰기 싫어서 '지지직'대는 방송을 그냥 듣고 있었던 적이 많았다.

결혼 후 힘들게 낳은 작은 아이가 사춘기에 접어들었을 때, 우리 둘은 정말 주파수가 맞지 않았다. 목적지를 정해 놓았지만 아이의 걸음은 너무 더뎠다. 정해 둔 목적지까지 빨리 데려다 놓으려고 다그칠 때마다 아이는 지치고 힘든 기색을 보였다. 반항하는 것인지 밥도 먹지 않았고, 하루 종일 눈 맞춤도 한마디 말도 하지 않았다. 그럴 때마다 우리 사이는 주파수 잘 못 맞춘 라디오처럼 잡음으로 지직거렸다. 그때는 내 목소리만 높이려고 했지 아이의 말은 귀담아 들어보려 하지 않았다. 내 성급함과 욕심으로 가려진 눈은 아이의 마음을 읽을 수가 없었다. 아이에게 집중하여 내게 보내는 신호를 잘 감지했더라면 그 시절이 그리 힘들지 않았을 텐데.

둘째와 나는 그 높고 낯선 소음을 조율해가며 무던히 다이얼을 돌리다가 어느 시점에 극적으로 서로의 진정한 목소리를 찾게 되었다. 생각해보면 나는 어떤 노력도 하지 않고 내게만 주파수를 맞추라고 아이에게 강요한 것은 아니었을까. 주파수를 맞추다가 그 소음 자체가 너무 괴로워서 라디오를 꺼버리기라도 했었다면 우린 지금까지도 서로의 귀를 틀어막고 등을 지며 살았을지도 모르겠다.

최초의 국산 라디오는 1951년생이었지만 몇 년 동안은 세상에 나오지도 못하고 창고 속에 갇혀 있었다고 한다. 그 당시 라디오는 군사정부의 '사치품 단속령' 목록에 들어 있어 엄격한 통제를 받는 품목이었다. 하지만 곧 라디오는 정부 정책과 뉴스 전달 수단으로 더없이 훌륭한 도구가 될 수 있다는 판단으로 그때부터 대중화되기 시작했다고 한다. 라디오가 아니었다면 군사정부는 완장과 깃발과 손나팔을 들고 전국을 돌며 정책 홍보를 다녀야만 했으리라.

부모님이 먼 곳을 다니러 함께 가신 날은 우리 삼남매의 축제 날이었다. 신나는 음악을 틀어놓고 누가 먼저랄 것도 없이 엉덩이를 흔들고 손가락 끝으로 하늘을 찌르며 반나절 동안 디스코 춤을 추기도 했다. 한번 빠지면 절대 벗어날 수 없는 연속극은 묘한 중독성이 있다. 정규시간에 맞춰 오빠도 동생도 약속이나 한 듯 라디오 앞에 모이곤 했다. 그 당시 가장 인기였던 '태권동자 마루치 아라치'라는 라디오 연속극을 듣기 위해 숙제도 저만치 밀쳐두기도 했었다.

한 동네에 겨우 한두 대가 고작인 텔레비전은 우리들과는 아무 상관도 없는 별천지를 보여주었지만, 라디오는 우리 식구들이 사는 것과 엇비슷한 세상의 소식을 전해 주었다. 마산 수출자유지역이나 구미공단, 구로공단의 언니, 오빠들은 라디오에서 들려오는 사연에 웃고 웃으며 하루의 고단함을 달래었을 것이다. 굳이 시간을 내고 돈을 써가며 나훈아, 남진 쇼를 보러 가지 않아도 새로 나온 유행가를 배울 수 있었다. 명절에나 한번 볼까 말까 한 영화 속의 미남 미녀 배우들의 목소리만 듣고도 저마다의 가슴 속에 넓은 스크린 하나씩을 펼쳐 놓을 수 있었다.

자주 가는 돼지국밥집 욕쟁이 할머니는 제대로 우러난 사골 육수에 돼지고기를 토렴하며 밥알에 국물이 잘 스며들도록 바삐 손을 놀린다. 멜로드라마 시간이 되면 라디오를 크게 켜고 두 귀를 활짝 편다. 어떨 땐 연속극에 푹 빠져 "저런 죽일 년이 있나, 처자식이 버젓이 있는 남자를 어쩌자고…" 하며 자신이 극 중 인물이라도 된 듯 흥분하곤 한다. 할머니가 연속극에 몰입해서 라디오를 듣지만 일을 하는 데는 아무런 방해를 받지 않는다. 매번 내어놓는 국밥은 납작하게 썬 양지머리 고기의 양도 비슷했고, 국물의 간도 딱 맞았다.

사실이 감춰지고 덮어지는 일들이 더 많았던 시절이었지만, 라디오가 있어 어둡고 암담했던 시절을 견뎌낼 수 있었고, 칙칙한 도시의 벽 사이로 스며드는 희미한 빛이나마 느껴볼 수 있었다.

집안 형편이 조금 나아져 우리 집에 흑백 TV가 들어왔다. 벽돌만 한 로켓건전지를 등에 업고 있던 금성 트랜지스터라디오는 아직 생명을 다하지도 않았는데, 새로운 가전제품에게 안방 자리를 내어주고 동네 어촌계 작업장 구석으로 축출되었다. 묵은 것은 새것이 들어오면 어김없이 다른 자리로 나앉아야 한다는 지극히 평범한 이 진술의 의미는 무엇일까. 문명의 무례함과 몰염치에 대하여 가끔씩 생각해 보았던 적이 있다. 혼신의 힘으로 한 시절의 어둠을 떨쳐내려 울부짖었던 당시의 시인들이나 작가들처럼, 라디오가 다양한 부류의 청취자들에게 선물같은 위로와 힐링을 주고 한결같이 지켜온 약속의 시간들은 무엇으로 보상받나. 이제껏 라디오가 온몸으로 밀고 온 피로의 중량이 어떤 대등한 가치로 교환될 수 있을 것인가.

그 시절 우리에게 라디오가 없었더라면 문화의 토양은 척박했을 것이고 우리의 삶은 더 고달팠을지도 모른다. 혹자는 'Video killed the radio star'라는 노래를 들이대며 라디오의 종말을 예단하기도 했었다. 그러나 라디오는 여전히 인기를 끌고 있고 스마트폰 앱을 통해 더 두터운 이용자가 생겨나고 있다니 내심 반갑다. 세상이 변하는 속도를 늦출 수는 없지만, 문화적 가치와 많은 사람들의 추억이 어려있는 사물이나 장소도 가볍게 보아서는 곤란하다. 새것에게 자리를 내어주고 옛것을 모두 용도폐기한다면 우리 후손에게 남겨 줄 것은 무엇일까. 급변하는 사회에 '익숙한 것'들이 점차 사라지지만 문화란 전통과 첨단이 함께 가야만 더 깊어지는 법이 아니던가.

나의 유효기간

대형마트 유제품코너에서 제법 용량이 큰 우유팩을 집어 든다. 앞부분에 진열된 우유팩의 유통기한을 먼저 확인하고 길게 팔을 뻗어 가장 안쪽에 있는 우유를 꺼낸다. 맨 앞에 있던 우유보다 유통기한이 조금 더 길다. 유통기한과 유효기간은 조금 차이가 있지만 내게는 유통기한보다 유효기간이라는 말이 더 가깝게 와 닿는다.

유효기간은 마지노선이다. 만약 구입한 식품이 부패했다면 그것은 마지노선을 넘었음을 뜻한다. 유효기간을 무시한 채 먹었던 음식 때문에 낭패를 본 적이 있다. 행여 마트 직원의 실수로 유효기간이 지난 우유가 진열되고, 그것을 발견한 손님이라면 당장 그 마트에 불만을 제기할 것이다. 사람에게도 유효기간이 적용된다면 내겐 얼마만큼의 시간이 남아 있는 것일까. 우유는 하루라도 더 유효기간이 남은 것을 취하려고 안달하지만, 정작 나라는 인간의 유효기간에 대해서는 단 한 번도 진지하게 생각해 본 적이 없다.

언젠가 모 생명보험회사 광고를 본 적이 있다. 마주 앉은 그저 평범해 보이는 사람에게 하얀 가운을 입은 의사가 말한다.

"저, 이런 말씀 드리긴 뭣하지만, 이런 상태라면 1년 3개월밖에 남지 않았습니다."

또 다른 사람에겐 이제 9개월밖에 남지 않았다고 한다. 아마 그보다 더 짧은 기간이 남았다는 통고를 받은 사람도 있었을 것이다. 그 말을 들은 사람들은 하나같이 "뭐가요? 제가 무엇이 잘못되었나요?" 하며 의아한 반응을 보인다. 나도 처음엔 그 말이 앞에 앉은 환자가 불치병으로 얼마 살지 못한다는 의사의 진단인 줄 알았었다. 하지만 그들은 환자와 의사의 관계가 아니었다.

일주일 전, 건강검진센터에서는 "당신은 어떻게 시간을 보내고 있나요?"라는 질문이 담긴 문진표를 그들에게 주었다. 문항에 따라 해당되는 내용을 체크한 사람들을 일주일 후 다시 불러 그들이 소비하는 시간의 패턴을 검토한 결과를 말해 준 것이었다. 누구랄 것도 없이 자신에게 남은 시간을 선고받은 사람들은 심장이 쿵 하고 내려앉았을 게다. 무엇에 대한 시간인지는 몰라도 자신에게 주어진 시간이 너무 짧다는 것에 적잖은 충격을 받았을 터.

실험에 참여한 사람들이 작성하였다는 문진표 문항을 나도 체크해 보았다. 내 나이 올해 쉰여섯이니 평균수명 85세 기준으로 살 수 있는 기간은 29년, 앞으로 일할 수 있는 기간은 대략 7년 정도로 보면 되겠다. 잠자는 시간이 9년 4개월, TV나 스마트폰 보는 시간도 모아보니 4년 2개월 정도다. 친구들과 수다를 떨거나, 혼자 지내는 시간을 6년 8개월로 계산해보면 고작 1년 6개월이 남는다.

광고에 나온 사람들보다는 내게 남은 시간이 엄청 많으리라 생각했건만 나도 그들과 별반 다를 게 없었다. 내가 그렇게 소비한 시간을 뺀 나머지 시간을 광고에서는 "가족과 함께 할 시간"이라고 했다. 그 시간이 이만큼밖에 남지 않았다니 몹시 허탈해진다.

언제부턴가 가족이라는 말이 참 낯설게 느껴졌다. 학교나 직장 때문에 각 지방으로 뿔뿔이 흩어져 저마다의 생활을 하고 있기에 옛날 같았으면 늘 마주 앉아 함께 밥을 먹던 식탁과 의자도 그 기능을 잃어버렸다. 대화조차도 스마트폰의 문자로 대신한다. 가족이라지만 얼굴을 바라보며 얘기할 기회가 좀처럼 주어지지 않는다.

어떤 문제가 일어났을 땐 누구보다 먼저 달려가 해결하며 감싸주어야 할 가족이었지만, 내겐 언제나 일이 우선이었다. 그 잘난 일 때문에 아이들이 붙여 준 엄마라는 명사가 누구의 이름인지 오래전에 잊었었다. 생일상 한번 제대로 차려주지 못한 아이들은 슬픔이라는 커다란 양동이에 담겨졌다 꺼내진 스펀지처럼 젖어 언제나 축 늘어져 있었다. 큰 병을 얻어 내일 모레 수술을 앞둔 아픈 가족을 두고도 공적인 일이 우선이

라며 먼 출장길에 오르기도 했다. 늦은 퇴근으로 깜깜한 골목
길을 급히 지나쳐 올 때도, 고장난 가로등이 며칠이면 고쳐져
이 길이 환해질 거라는 믿음처럼, 우리 가족 모두에게 희망에
찬 밝은 미래가 펼쳐지리라 애써 마음을 다잡기도 했다.

하지만 그 힘들었던 시간을 보낸 대가로 받은 것은 가족 간
의 거리였다. 혼자서 밥을 먹을 때, 밥그릇 속은 서늘한 침묵
만으로 채워지기 일쑤였다. 눈물 섞어 그 침묵을 숟가락으로
퍼먹었지만 맛나지도 배부르지도 않았다. 내게만 적합한, 내
게만 허용되던 면죄부를 들고 모두를 혹사시켰던 지난날들이
이제는 비에 젖은 수채화처럼 얼룩으로 남았다.

생의 바퀴를 굴리느라 눈 돌릴 틈도 없었던 사이, 먼저 간
가족의 납골당에는 시든 흰 국화 한 송이가 꽂혀 있다. 시간
이 지나면 조금 덜 슬퍼질까. 금방이라도 문을 열고 나와 손
내밀면 닿을 것 같은 다정한 거리에 앉아 있을 것 같은데, 다
시는 열리지 않을, 다시는 들리지 않을, 다시는 잡을 수 없는
사람의 환영만이 허공에 걸려 있을 뿐이다.

마음에 품었던 사람들이 떠나고 없는 시간을 무엇이라 명
명해야 하나. 남아 있는 내가 매일 다시 태어나 그날 삶을 끝
내듯이 살아가고 있을 뿐. 사랑니가 뽑혀나간 자리처럼 상처는
벌어진 채 아물지 않는다. 이제 아무도 그립지 않을 나이지만
그리운 사람들의 이름은 늘 생겨났다 다시 사라지고, 그럴 때
마다 내 뒷모습은 몹시도 휘청거렸을 게다.

사랑할 시간이 충분하지 않다. 탕진해 버린 시간들을 보상

하라는 듯 압력솥은 거친 숨을 뿜어내고, 오랜만에 멀리서 오는 아이들처럼 그 아프고 푸른 시간들이 내게 다시 돌아왔다. 내게 남은 유효기간 1년 6개월. 그 시간만큼은 가족들에게 진 빚을 갚아야겠다.

문학과 사유

    내 유년의 색깔은 잿빛이었다. 학교에서 돌아오면 집은 언제나 소란스러웠다. 가난이 가정불화를 만들어 아버지와 어머니는 사흘이 멀다않고 싸웠다. 항상 술에 찌들어 반쯤 풀려버린 아버지의 눈동자를 애써 외면했지만, 어머니의 날카로운 목소리가 담장을 넘어 저 멀리 동네 어귀까지 울려 퍼질 것만 같아 가방을 던져두기 무섭게 집을 뛰쳐나오곤 했다. 도망치듯 달려 나오는 내 등 뒤로 밥상 뒤엎는 소리, 유리병 깨어지는 소리가 황급히 뒤따라오곤 했다.

    돼지저금통을 털어 만화방을 가고, 그 벌로 종아리에 피멍이 들 때까지 회초리를 맞았지만 만화방 한 귀퉁이에 숨어서 보았던 이솝우화나 전래동화 속 인물들은 어른이 된 지금도 어느 순간 불쑥불쑥 나타나 어린 시절로 되돌아간 나와 조우하곤 한다.

    방학숙제로 낸 일기장을 찬찬히 읽어보신 담임선생님이 반

아이들 앞에서 그 글을 칭찬하며 "너는 나중에 커서 훌륭한 시인이나 작가가 되었으면 좋겠다."라고 말하기 전까지 나는 꿈도 없이 사는 그냥 '가난한 집 아이'에 불과했다.

어린 시절의 불우함과 가정불화는 아직도 내 기억 속에 깊이 뿌리박혀 있다. 지금 생각해보면 그 아픔을 견디고 추스르기 위한 잠재적 해법이 나를 문학의 길로 이끌고 지탱해 준 버팀목이 되지 않았을까 싶다.

중학교에 진학해서는 많은 책을 읽고 싶었지만 교과서 외 어떤 책도 살 수 없었던 형편이었다. 궁여지책으로 학교도서관 사서 선생님과 친해져 도서관을 정리하며 더 넓은 책의 세계에 눈을 뜨게 되었다. 그때 읽었던 수많은 책들은 지금까지도 기억에 남아서 내 작품 속에 자양분이 되어 소리 없이 스며들었다.

본격적으로 글을 써야겠다고 생각한 것은 고등학교 때다. 우리 반의 누군가가 손글씨로 써서 돌려본 이 글은 내 혈관 속에 잠자고 있던 피톨을 깨웠고 드디어는 뜨거운 혈액이 되어 온 몸을 꿈틀거리게 했다.

"더 이상 우리는 어떻게 참을 수 있으며, 더 이상 우리는 그들에게서 무엇을 바랄 수 있겠는가? 어두움이 짙게 덮인 저 사회의 음울한 공기를 헤치고 죽음의 전령사가 서서히 우리에게 다가오는 것을 우리는 직시하고 있다.

무엇을 망설이고 무엇을 생각할 여유가 있단 말인가.

대학은 휴강의 노예가 되고, 교수들은 정부의 대변자가

되어가고 어미닭을 잃은 병아리마냥 우리들은 반응 없는 울부짖음만 토하고 있다. 우리의 주장이 결코 그릇됨이 아닐진대 우리의 주장이 결코 비양심이 아닐진대, 우리는 어떻게 더 이상 지존을 짓밟혀 불명예스런 삶을 계속할 것인가.

민주주의란 나무는 피를 먹고 살아간다고 한다. 들으라! 동지여! 우리의 숭고한 피를 흩뿌려 이 땅에 영원한 민주주의의 푸른 잎사귀가 번성하도록 할 용기를 그대들은 주저하고 있는가! 들으라! 우리는 유신헌법의 잔인한 폭력성을, 합법을 가장한 유신헌법의 모든 부조리와 악을 고발한다. 우리는 유신헌법의 비민주적 허위성을 고발한다. 우리는 유신헌법의 자기중심적 이기성을 고발한다."

　　　　　　　　　　　　－ 김상진 열사의 「양심선언문」 일부분

당시 이 글을 처음 접했을 때 내 가슴 속은 들끓어 오르는 분노와 솟구치는 의지로 가득 차올랐다. 한 사람의 의식이, 한 단락의 문장이 이렇게도 명징하게 가슴팍에 꽂혀 사람의 마음을 움직이게 한다는 것이 믿기지 않았다. 처음엔 누가 쓴 글인지도 모르고 읽었지만 나중에 알고 보니 1975년 유신철폐를 주장하며 할복자살한 서울농대 김상진 열사의 양심선언문 중의 일부였다. 시대는 지났지만, 그 시절에 내가 그와 같은 대학생이었다면 이 글을 읽고 분연히 일어나서 민주운동의 핵심적인 역할을 하지 않았을까 싶다. 펜이 칼보다 강하다는 것을 뼈 속 깊이 느꼈던 때라 언젠가는 나도 강렬하고 울림이 큰 명문장을 써서 사람들의 마음에 감동을 주리라 다짐했었다. 내가 쓴 글의 어딘가에 끼어든 송곳같이 불편한 언어들도 어쩌면 그때 가졌던 강한 의식의 흐름에 기인한 것이 아닌가 한다.

> 자작나무에선 혁명의 냄새가 난다. 러시아 혁명에서 빨치산들이 피로에 지쳐 돌아오던 아지트도 자작나무 숲이었고, 닥터 지바고가 달빛을 틈타 혁명군들을 등졌던 곳도 자작나무 숲이었다. 인디언들은 그 나무를 '서 있는 키 큰 형제들'이라 부른다. 나무의 직립성을 이보다 더 적절하게 표현하기도 힘들지 싶다. 오로지 태양을 향해 곧게 선 나무가 자작나무뿐일까만 그 사랑이 얼마나 지극하면 저리도 흰 가슴으로 하늘바라기하며 마냥 서 있을까 싶다.
>
> – 「겨울, 자작나무 숲에 들다」에서

내 속에 있는 나를 바깥으로 꺼내어 주는 것, 무감각했던 나의 오감을 건드려서 잠 깨워 주는 것들은 도처에 널려있는데 자세히 관찰하지 않아서 놓치는 경우가 많다. 위에 언급한 「겨울, 자작나무 숲에 들다」는 무려 5년 이상을 곰삭혀 지면에 발표했다. 나무에 대해선 내로라하는 작가들이 이미 발표한 글도 많아 그 벽을 넘어서기가 어려웠고, 우선은 경남지역에서 태어나고 자란 내가 중부 이북지방에 분포하는 자작나무를 잘 알지 못한 것이 이유라면 이유다. 한계령을 넘다가 몸이 지쳐 단 한 발자국도 옮겨놓지 못할 지경에 그 나무는 내 눈

앞에 수호신처럼 우뚝 서 있었다. 순간 온 몸에 경련이 일었고 무언가 신비한 기운에 눌려 나는 그 자리에 바로 주저앉고 말았다. 자작나무에 대한 글을 꼭 한 편 써보아야겠다는 강한 의지가 생겨났다. 그러다 용케도 강원도 지역으로 발령이 났다. 6년 가까이 그곳에서 지내다보니 오고가며 자작나무를 자주 만날 수 있었고 글을 쓰기 위해 자작나무 군락을 찾아 수시로 발품을 팔았다. 사계절 변해가는 숲의 모습은 제각각의 얼굴이 달랐으며, 맑은 날과 흐린 날의 풍광이 확연히 달랐다. 시시각각 그 모습을 바꾸는 자작나무를 보기 위해 한낮은 물론 한밤중에도 그 숲 주변을 서성였다. 대낮의 햇살을 받아 반짝이는 자작나무와, 한밤중에 달빛과 별빛에 비친 자작나무의 모습은 똑같은 나무임에도 너무도 생경한 느낌으로 다가왔다. 지금에 와서 생각해보면 그곳이 전방 접적지역이었기에 누군가 그 시간에 나를 보았다면 아마도 수상히 여겨 신고라도 하지 않았을까 싶다.

유독 다른 나무들보다 이른 시기에 잎을 떨어내고 저 멀리
흰 기둥과 흰 가지만으로 빛나는 자작나무는 영혼의 뼈를
발라낸 듯 하늘 높이 솟아 있다.
단 하나의 이파리까지 모두 지상에 내려놓은 빈 나무가
아름드리의 부피감 없이도 저리 빛날 수 있는 것은
자작나무의 어떤 힘 때문일까. 어둠과 빛이 한데 스며들어
그 경계조차 허물어진 산기슭에서 자작나무는 홀로 빛난다.

하지만 그 빛은 적막을 품어 눈부시지 않고 다만 고요할
뿐이다. 자작나무 숲에 하얀 겨울바람이 분다. 바람에
색깔이 있다면 이곳에 부는 바람은 분명 하얀 바람이었을
게다. ―중략―
오래된 흑백필름 영상처럼, 자작나무의 허물벗기는
지난했던 내 삶의 모습을 떠올리게 한다. 어릴 적 순수했던
아이의 초롱초롱했던 눈망울은 어디로 가고 온갖 풍파와
세월의 더께를 뒤집어써서 이제는 본 모습이 어떤 형상인지도
알 수 없는 내 껍질은 도대체 몇 겹으로 싸여 있는 걸까.
껍질을 얼마나 벗겨내야 그 속에 숨은 참된 내 모습을
발견할 수 있을까.

―「겨울, 자작나무 숲에 들다」에서

내게는 좀처럼 속내를 보여줄 수 없는, 속으로만 멍드는 상
처가 많다. 상처 안에 숨은 작은 세포들이 소리 죽여 짐짓 태
연한 척한다. 작가는 글을 쓰거나 기억 속 자신의 모습을 되
돌아보면서 상처를 확인하게 된다. 상처란 과거와 현재, 그리고
미래 속의 자아를 탐색하는 과정이라고 말할 수 있기 때문에
'존재의 저편'으로 갈 수 있는 구원의 가능성의 표식일 수 있다.
말을 바꾸면, 상처는 작가의 삶과 정체성을 바라볼 수 있는
유력한 준거 틀이다.
　어떤 사물을 보든 작가는 남들과 다른 시선을 가져야 한다.
그래서 나는 사물을 있는 그대로 보는 것이 아니라 뒤집고

비틀고 흔들고 깨뜨려본다. 또 내 안에 잠재한 무언가를 끊임없이 끄집어내려는 노력을 한다. 쓸 수 있는 모든 감각을 동원하여 스스로 질문하고 스스로 답하면서 때로는 그 생각의 씨앗이 뿌리내리기까지 긴 시간을 기다린다.

졸작이지만 「뿔난 감자」를 쓸 때도 너무 오래두어 싹이 난 감자를 제대로 묘사하기 위해 감자 한 상자가 다 썩을 때까지 버리지 못했다.

썩어가는 감자의 몸에서 새로 싹이 돋아나는 이치를 설명할 수 없는 것처럼 삶은 내게 얼마나 부조리하고 난해한 공식을 던져 주었던가. 인생은 단 한 번도 나를 속이지 않았지만 언제부턴가 나는 인생을 믿지 않게 되었다. 창고 속 감자처럼 너무도 막막한 어둠에 갇혀 날 수 없는 날개를 겨드랑이에 품는 일이 과연 옳은 것인가에 대해 수없이 물음표를 던져보기도 했었다.

－「뿔난 감자」에서

낯선 강원도로 발령받아 마치 유배생활 같았던 차가운 겨울을 보내며 창고 속에 둔 감자 또한 그냥 지나칠 수 없는 중요한 글감이 되었다. 「뿔난 감자」에서 "날 수 없는 날개를 겨드랑이에 품는 일이 과연 옳은 것인가에 대해 수없이 물음표를 던져보기도 했었다."고 표현한 것처럼 그 글 속에서 삶의 부조리나 불완전성을 보여주는 것에 그치는 것이 아니라,

그에 대하여 끊임없이 질문하고 사유했던 시간들이 있었다.

아픈 곳이 있어야 비로소 나를 들춰 보듯, 상처는 수시로 내면에서 달려와 나를 괴롭힌다. 상처와의 대면을 통하여 나는 나 스스로의 모습을 되돌아보게 되고, '나'와 '너'로 분열되어 있는 주체와 타자의 모습을 만나게 된다.

한때는 내 삶 자체가 커다란 슬픔의 덩어리 같았다. 걸어간 모든 길의 끝은 낭떠러지였다. 한 발 앞으로 내밀 수도, 뒤로 물러설 수도 없었던 형국에서 내 안의 소리는 바깥으로 뛰쳐나올 수 없었다. 지름길을 두고 먼 길을 돌아 여기까지 왔지만 아직도 내 속에 사는 벌레들을 쫓아내지 못했다.

- 「애벌레를 꿈꾸며」에서

「애벌레를 꿈꾸며」에서는 언제부터인가 나 자신의 내부에서 자라고 있는 벌레를 상상하며, 그 벌레가 내 속에서 무수한 욕망의 알을 낳고 또 부화시키는 것을 바라보게 된다. 또 내 속에 사는 벌레들을 쫓아내지 못한 채 그 정체를 궁금해 하기도 한다. 글을 쓰며 자의식의 상관물인 '자작나무,' '애벌레,' '뿔난 감자'에 '나'를 대응시키고 스스로의 내면세계를 그려내고자 하였지만, 그들이 합일될 수 없는 분열 상태에 있음을 깨닫게 된다. 아마도 그것은 자아의 분열과 상실을 아파하면서 본질을 모색하고자 했던 나만의 강한 의지의 표현이 아닌가 싶다.

아무리 노력해도 극복할 수 없는 삶의 현실에 대한 비극적

인식으로 글을 써다보니 나는 현실에서 분리되어 있는 자아의 내면에 대해 더욱 깊은 탐색을 이루고자 할 때가 많았다. 과연 '나는 누구인가', '내가 무엇이 되어야 하고, 무엇을 해야 하는가' 라는 물음에 대한 해답은 「내 안의 빈집」에서 더욱 구체적이고 선명하게 드러난 듯하다.

> 명주실 풀어내듯 뱃속의 점액을 뽑아 저 허공, 바람의 길목에 매달려 있는 거미집. 때로는 나무의 숨소리가 걸리기도 하고, 밤하늘에 흐르는 별똥별 꼬리가 걸려들기도 하는데 나는 그저 내 안의 빈 집에 칩거 중인 거미를 물끄러미 지켜볼 뿐, 어떤 말도 건네지 못한다. 내가 세상의 모든 것으로부터 달아난다 해도 나 자신으로부터는 결코 달아날 수 없다는 것을 잘 알기 때문이다.
>
> – 「내 안의 빈집」에서

거미줄과 거미에 대한 묘사를 통해 나의 실존적 모습을 대비해 보기도 했다. 더 나아가 "내가 세상의 모든 것으로부터 달아난다 해도 나 자신으로부터는 결코 달아날 수 없다"는 것은 언제 어떤 절망적 상황 속에서도 자신 속으로 더욱 깊이 유폐되고자 하는 존재의 모습을 보여 주려 하였다.

부끄럽게도 내 글은 내가 감추고 싶었던 복잡한 욕망과 상처가 뒤엉켜 있다. 나는 상처를 잊음으로써 그것을 치유했다고 믿고 싶었지만, 상처는 글의 행간 곳곳에서 '흔적'으로 남아있다. 진정한 주체의 모습을 담은 텍스트의 풍경은 일상적인 언어로는 그려질 수 없었다. 상처의 흔적은 겉으로는 드러나지 않는다. 그것은 나의 의식 세계는 물론 무의식 세계까지도 정직하고 겸손하게 탐사할 때에야 비로소 나타났다. 상처 입은 주체는 '나'의 내부에 무수히 존재하는 다원적 주체들이다. 이 주체들은 스스로의 상처와 흔적을 바라보면서 부조리하고 분열된 세상 속에서 몸부림치고 있음을 알 수 있다.

「바람의 집」에서는 어린 시절, 외할머니가 자주 불공드리러 가는 작은 절의 대숲 앞에 내가 서 있다. 여기서 나는 시공을 초월하여 '대숲, 바람, 내 마음'이라는 원형적 상징인 세 요소의 조합으로 내적 감각을 통해 들려오는 영혼의 소리에 귀 기울이게 된다.

대는 속이 비어서 제 속에 바람을 지니고 사는 것이라고 누군가가 말했었다. 그래서 가만히 서 있기만 해도 대숲에는 바람이 차는 것이라고. 별 내리는 밤, 제 몸속의 적막을 피리 삼아 불어내는 한숨소리. 그러나 이제 더 이상 대숲에서는 바람이 불어오지 않았다. 바람의 집은 바로 내 마음속이었기에. 댓잎보다 먼저 내 안이 술렁거렸고 잠잠한 바람 또한 내 속에서 일었으며 그 바람을 잦게 하는 것도 내 마음만이 할 수 있는 일이었다.

ㅡ 「바람의 집」에서

'대숲'은 온전히 나의 삶과 창작의 뿌리라 할 수 있으며,

'바람'은 이에 따르는 삶의 시련이요, '내 마음'은 자아구현이 이루어진 자아성찰의 산물이라 할 수 있다. 마음이 바람을 일으키고 또 잠재우기도 한다. 바람은 사랑이나 미움처럼 기복 起伏을 지닌다. 이를 다스리는 것은 오로지 마음뿐이다.

가끔은 혼란스러워지는 자아 정립을 위해 주변의 대상에나 자신을 일치시키려고 부단히 노력해 보기도 한다.「폭포, 유리처럼 부서지다」에서 하늘높이 뿜어 오르는 물방울의 꿈과 나무 밑동에서 가지로 올라가는 수액의 순수성을 표현하기도 했었다. 절망과 고독을 이겨내기 위한 나만의 몸부림이 글의 전반을 구성하고 있기도 하다. 분수대의 물은 새와 나무처럼 하늘로 오르는 저항의식과 자유로움을 추구한다는 점에서 현실을 초월하고 싶은 나의 의욕과 일치한다.

내 몸도 벼랑 아래로 추락하자마자 유리처럼 요란한 소리를 내며 종말을 고할 지도 모를 일이다. 분수대의 물방울이었을 땐 하늘에 닿을 수 없었지만 폭포가 된 나는 땅 끝에 닿아 부활한다. 죽고 또 죽어 거대한 물줄기로 절벽을 향해 곧게 선다. 벼랑 끝에 서서 세상을 향한 집착과 아집을 모두 내려놓는다. 섬뜩한 속도를 타고 맹목적으로 낙하한다. 이 순간만큼은 어떠한 고통이나 억압의 채찍질도 나의 질주를 멈추게 할 수 없다. 아니, 산산이 깨어지고 부서져야 그들로부터 자유로울 수 있다. 어쩌면 단말마의 비명을 듣고 새파랗게 질린 산줄기가, 잠자고 있던 산짐승 몇 마리를 엉겁결에 내어 놓을 수도 있겠다. 솔바람 소리, 풍경소리,

육자배기 가락이 생의 시간 한 가운데로 고요히 잦아든다.

용수철처럼 튀어 오르고 용광로처럼 끓어오르며 곧은 소리가 또 다른 곧은 소리를 낳는다. 날개를 달고 추락하는 물기둥 뒤로 벼랑이 다시 서고 청룡언월도를 쥔 내 손이 여지없이 산을 두 조각 낸다.

– 「폭포, 유리처럼 부서지다」에서

나 자신을 전생의 물방울이라 상상했다. 수액처럼 맑고 순수함을 지닌 물방울, 그 가슴에 큰 별 하나 품고 하늘 높이 품어 올려지는 꿈을 지니고 언젠가는 그 별에 닿을 수 있기를 소망했었다. 그러나 때론 절망하고 고독에 갇힌다. 무모한 솟구침에 좌절하면서 불안의 밤을 헹궈내지만, 나에게도 변화의 징후가 급작스레 다가온다. 분수대에서 높이 솟아 공중분해되었던 물방울의 환생의 과정을 거쳐 나는 드디어 참된 소리를 듣는다. "억만년 동안 잠자고 있던 고매한 정신세계"로의 변환이다. 드디어 "깎아지른 벼랑을 타고 내 몸은 소쿠라지고 넌출지고 방울진다. 물기둥이 벼랑 아래로 낙하하는 동안 절벽엔 거짓말같이 아름다운 무지개가 찬연히 선다."

이 글은 어쩌면 독자를 낯설게 하면서도 일상의 무거운 짐을 벗어버리려는 나의 의지가 상징적으로 드러나 있다.

내게 있어 글쓰기란, 모진 세파에 자꾸만 한쪽으로 쓰러지려는 나를 일으켜 세우는 정신적 지주이다. 글을 쓰기 위해 절대적인 고독과 인내를 견뎌내는 일은 어쩌면 당연한 이치인지도 모르겠다. 고독은 나태한 여유가 아니라 문학적 상상을 펼치는 뜨거운 시간으로 이 과정을 체험하지 않으면 글을 쓴다고 말하기 힘들 것이다. 가끔은 내 글속에서 작은 짐승으로, 보잘 것없는 벌레로, 한 그루 나무로 변한 내 모습을 본다. 그것은 아마도 나 홀로 이겨낸 상처와 그리움과 열정을 감추고 싶어서가 아닌가 싶다.

출근을 서두르며 옷을 입다가 급히 올린 지퍼가 고장이 나서 낭패를 겪었던 적이 있었다. 성질 급하고, 무엇이든 나만의 방식으로 고집스럽게 살아온 시간들이 함축되어 만들어진 글이다.

무언가를 골똘히 생각하는 듯한 지퍼의 자세. 흡사 영어 알파벳 y를 떠올리게 한다. 참을 수 없는 거만한 포즈다. 그 거만함이 도를 지나쳐 이제는 바로 서기조차 거부하며 아예 비스듬히 드러누워 있다. 속으로 헛웃음이 난다. 믿었던 도끼에 발등 찍힌 격이랄까. 〈중략〉

지퍼의 길을 다시 열기위해, 잔뜩 골이 난 걸쇠들과 타협하기는 이미 늦었다는 생각이 든다. 길 옆 세탁소에 맡긴 다른 정장 바지는, 급할 것 하나도 없는 주인아저씨의 느긋함에 아직 그늘에서 꾸물꾸물 건조되고 있을 게 틀림없다.

이제껏 내가 위로 힘껏 잡아당긴 것은 무엇이었을까. 가만히 생각해보니 그것은 지퍼의 고리가 아니라 바로 나였다. 성마르고 남과 타협하기 싫어하며, 누구보다 빨리 정상에 올라 깃발을 높이 쳐들기를 원했던 나의 또 다른 모습이었다. 그러고 보니 애초에 그런 불규칙적인 계단을 만들어 놓은 사람 또한 나였다는 생각이 든다. 어느 한쪽에도 치우치지 않는 균등한 힘의 안배가 끝까지 이뤄져야 지퍼의 문을 제대로 닫을 수 있듯, 삶의 방식 또한 크게 다르지 않을 것이다. 그 단순한 이치도 깨닫지 못하고 걸쇠들을 무조건 억센 힘으로 다스리려 했던 나는 얼마나 거만하고 어리석은 존재였던가.

- 「지퍼에 대한 단상」에서

체험은 일상성을 지니는 만큼 변용과 재구성이 필요하듯이 글이 수필로 정립하려면 먼저 삶을 의미화 할 필요가 있다. 글 속에서 나타난 상상과 환상은 현실을 생태적 공간으로 풀어 내려는 욕망과 가깝다. 수필의 기를 확장하는 것으로 고달픈 생활에서 벗어나 정신계로의 항해를 시도하려는 몸짓이기도 하다. 작품 속에서 나는 온전히 자유롭다. 사물을 읽는 시선이 정밀하고 정성스러우면 그 사물은 더욱 뜨거운 언어로 내게 다가온다. 소재의 인식, 인간애의 지평 넓히기, 낯익은 것에 대한 낯설게 하기가 내 글을 여는 열쇠라고 말하고 싶다.

작가지망생 중의 한 사람이 자신도 작가들처럼 글을 잘 쓰고 싶다며 비법이 무엇이냐고 물었다. 하지만 이런 질문에 무어라고 대답을 해야 할까. 글을 잘 쓰고 싶다고는 하나 어떻게, 뭘 잘 쓰고 싶은지 구체적이지 않다. 그냥 막연히 '잘'쓰고 싶어 한다. 그리고 그 마음에는 누군가에게 '잘' 보이기 위한 타인을 인식한 의도가 숨어있는 듯하다. 자기 자신이 왜 글을 써야하는지 그 글을 통해 무엇을 이루고 싶은지에 대해 깊이 사유한 적도 없이 단지 타인에게 잘 보이고 싶고 좋은 평가를 받고 싶어 하는 마음이 앞선다면 그 욕망은 결코 채워지지 않을 것이다. 세상 모든 사람을 만족시킬 수 있는 작품은 세상에 존재하지 않기 때문이다. 매번 타인을 의식하며 남에게 잘 보이기 위한 결과물을 내는데 급급하다면 그 과정에서 수많은 좌절과 고통만 반복될 것이다.

수필가로 등단하고 난 이후 얼마동안은 나도 남에게 잘 보이기 위한 작품을 쓰기 위해 안달을 했다. 더군다나 이름 있는 단체에서 주는 문학상을 수상한 뒤엔 이런 글을 내면 남들이 어떻게 평가할 것인가에 대해 고민이 깊어져 등단 전에 그렇게 잘 써내던 글을 단 한 편도 쓰기가 어려웠다. 글을 편안하게 쓰게 되기까지는 많은 시간과 단련이 필요했다. 좋은 글을 쓰려면 모름지기 겉으로 꾸며진 내 모습이 아닌 진솔한 나자신의 민낯을 보여줄 수 있는 용기가 필요하다. 내 짧은 생각이지만 진실만큼 사람을 움직이게 하고 감동시키는 강력한 힘은 없는 듯하다.

어떻게 쓴 글이 잘 쓴 글인지 자기만의 기준점을 명확히 세워야 한다. 내 기준과 타인의 기준은 모두 다를 테니 말이다. 자기만의 '잘' 쓴 글의 기준을 만들어 내는 것은 글로서 나만의 '개성'을 찾아가는 시발점이 된다. 표현의 자유, 다양성, 개성을 마음껏 펼치는 것이 허용되는 것이 예술이고 창작이다. 그저 아무 생각 없이 '잘 보이고 싶어 하는 것'을 좇아가는 것만큼 몰개성 한 것도 없을 것이다.

직장 일과 병행하여 글 쓰는 일을 하다 보니 매번 퇴근 후 늦은 밤에 글머리를 잡는다. 아무것도 없는 빈 공간에 무언가를 차곡차곡 채워가듯이 글을 쓰기 위해선 내 마음의 방을 먼저 깨끗이 청소하고 비우는 작업을 한다. 내 속에 번민이 가득하고 내 머릿속이 욕망으로 가득 차 있다면 그런 바탕에서 어찌 좋은 글이 나올 수 있을까. 한 작품을 완성하기까지 일부러 세어 보진 않았지만 대략 서른 번에서 마흔 번 정도의 퇴고를 거쳐 탈고를 하는 듯하다. 그 작업이 새벽까지 이어져 어렵사리 마무리가 되면 몸은 천근만근, 파김치가 되지만 기분은 날아 갈 듯 가벼워진다.

수필을 붓 가는 대로 쓰는 글이라 하여 아무 작정도 없이 써내려 간다면 마치 여행을 가는 사람이 아무런 준비도 없이 무작정 길을 나서는 것과 다를 바 없다. 글을 쓰려면 글감을 선택해야 하고, 글감에 맞도록 전체 구도를 설계해야 하며 그 설계에 따라 차분하게 써내려 가야 한다. 내 주변에 널린 사물의 이름을 일일이 불러본다. 멀리 있는 것들보다 가까이 있는 사물, 사람들이 대수롭지 않게 여기는 사소한 것들에게 눈길을 주면 돌과 같은 무생물에도 생명을 불어넣을 수 있게 된다. 가급적 진부한 표현을 쓰지 않고, 남들이 시도해보지 않는 나만의 독특한 언어와 형식으로 반전과 역설을 꾀해보기도 한다.

하지만 이러한 노력에도 활자화 되어 나온 내 작품은 허술하기 짝이 없어 매번 실망감을 안겨준다. 부지런히 갈고 닦아도 늘 그 자리에서 맴도는 것 같은 허탈감에 주저앉기도 한다. 그러나 그 모든 과정들이 또 다시 나를 일으켜 세우는 계기가 되고 새 작품을 창작하기 위한 원동력이 된다는 것을 알기에 호흡을 가다듬고 다시 펜을 쥔다.

많은 사람들이 그저 주어진 시간을 시계바늘처럼 반복해서 돌며 삶을 별 뜻 없이 산다. 그나마 멀어져 가는 내 기억을 붙들어 주는 낡은 습작노트는 내부와 외부의 세계에서 일어나고 있는 모든 일들에 주의를 기울이고, 잠들었다가도 곧 깨어날 수 있도록 하는 알람시계와 같다. 습작노트를 읽으며 내 삶을 다시 생각해 보기도 한다. 그곳에 꿈을 담기도 하고 절망을 배설하기도 한다. 내 무한한 상상력에 대해 습작노트에서는 검열이 필요하지 않다. 그저 생각들이 쏟아지는 대로 가감 없이 그대로 저장한다. 마치 여기저기서 수집해 온 수레 속의 잡동사니들을 아무렇게나 쌓아둔 고물상처럼, 한 곳에 모아두었다가 내가 필요할 때 꺼내 쓰면 된다.

어떤 이는 묻는다. 이렇게 골치 아프고 어려운 글을 무엇 때문에 쓰느냐고...

글쓰기는 나의 탈출구다. 누군가가 정해놓은 삶의 경계를 허물고, 나 스스로 자유로워지기 위해 오늘도 앉은뱅이책상 앞으로 자석에 끌리듯 다가간다.

심선경 수필집

갈마도서관에 두고 온 것들

인쇄 2022년 11월 28일
발행 2022년 12월 1일

지은이 심선경
발행인 서정환
펴낸곳 수필과비평사
주소 서울시 종로구 삼일대로 32길 36(익선동 30-6 운현신화타워 빌딩) 305호
전화 (02) 3675-5635, (063) 275-4000 · 0484
팩스 (063) 274-3131
이메일 essay321@hanmail.net
출판등록 제300-2013-133호
인쇄 · 제본 신아출판사

ISBN 979-11-5933-448-1 03810
값 13,000원

Printed in KOREA

이 도서는 2022년도 한국문화예술위원회 아르코문학창작기금(발간지원)
사업에 선정되어 발간되었습니다.